249, FAUBOURG SAINT-ANTOINE

Du même auteur aux Éditions J'ai lu :

Au temps où la Joconde parlait (3443)
Les dîners de Calpurnia (4539)
La Fontainière du Roy (5204)
Les Ombrelles de Versailles (5530)
Les chevaux de Saint-Marc (6192)
Le printemps des cathédrales (6960)
Demoiselles des Lumières (7587)
La chevauchée du Flamand (8313)

JEAN DIWO

249, FAUBOURG SAINT-ANTOINE

ROMAN

J'AI LU

À la mémoire de ma mère.

1

249 faubourg Saint-Antoine

Elle était sale, elle était laide, elle sentait le tabac à priser. Elle, c'était la mère Suprin, la concierge. Daumier avait dû la dessiner pour *Le Charivari* et depuis, elle était restée, méchante et rusée, dans sa loge du 249. Trois chiffres incrustés dans ma mémoire qui situent l'immeuble du faubourg Saint-Antoine où j'ai passé ma jeunesse. Bien plus récent que les murs voisins qui avaient vécu « les trois Glorieuses », il dominait de ses cinq étages le pavé historique Bastille-Nation. Sa façade, si elle avait perdu sa blancheur originelle, était encore fort convenable. Avec ses hautes fenêtres garnies de ferronneries et ses volets à lames, elle en jetait dans ce quartier suintant d'histoire où les rez-de-chaussée étaient pour la plupart occupés par les gens du bois, descendants des Boulle, des Riesener, des Cressent, nés dans les copeaux des ancêtres, inventeurs de la commode, du buffet Henri II et du « fauteuil à la reine ».

La même porte cochère, massive comme celle d'un château fort, desservait le 247 et le 249. Elle ouvrait sur un passage à voitures et une cour qu'on aurait pu nommer commune sans le conflit ouvert qui opposait la Suprin à la Gingin, dite « la Dame aux chats », concierge du 247. Une frontière invisible séparait les deux territoires ou plutôt les deux mondes : les pauvres et les gens aisés. Ceux du 249 avaient plus de moyens. Les autres, du 247, qui devaient monter un escalier aux marches délabrées pour gagner leur logement miteux sans eau courante, comptaient parmi les plus déshérités du quartier.

Tous pouvaient suivre, de leurs fenêtres sur cour, le feuilleton quotidien de la guérilla qui opposait la Suprin à la Dame aux chats. Chaque matin, vers dix heures, balai en main, campées de part et d'autre de la ligne de démarcation virtuelle qu'aucune d'elles ne franchissait, les mégères échangeaient, pour d'obscures raisons, des injures atroces. Je pense aujourd'hui, en me remémorant ces joutes verbales, qu'elles ne se détestaient pas vraiment mais frappaient chaque jour les trois coups de leur petit théâtre pour rompre la monotonie d'une vie de cour misérable.

De vieux locataires disaient que cette hostilité avait pour origine une querelle de cordon, bobinette lourde de symboles des portiers d'antan. Ah, le cordon ! Balzac et Zola l'ont souvent tiré, madame Suprin plus encore. Ce pompon qui pendait au bout d'une cordelière de passementerie au-dessus de son lit lui permettait, après dix heures du soir, en réponse à la sonnerie déclenchée par le bouton de la rue, d'ouvrir la porte aux locataires. Dans l'autre sens, en cas de sortie nocturne, il était d'usage de lancer en passant devant la loge un bref : « Cordon s'il vous plaît ! » Mais cette habitude ne plaisait pas toujours à la Suprin. Souvent, il lui arrivait de laisser sonner ou quémander durant de longues minutes le droit de rentrer chez soi ou d'en sortir.

Comme on s'en rend compte, le cordon, sans atteindre le prestige de la Légion d'honneur, conférait une sorte de pouvoir régalien à cette petite femme sans âge, clopinante mais à l'œil vif, dont les crises d'autorité nocturnes se traduisaient généralement, le lendemain, par de sévères engueulades. Je revois comme si c'était hier Jean-Baptiste, mon père, tonner devant la loge éteinte et muette, un soir où la famille était allée au cinéma : « Jeanne (c'était ma mère), tu ne lui donneras pas d'étrennes ! Tu m'entends, pas d'étrennes à cette salope ! » Il fallait que le père fût bien en colère, lui qui ne disait jamais de gros mots.

*

* *

C'était souvent comme cela les samedis soir quand nous revenions du cinéma. Papa aura aimé toute sa vie le cinéma. L'après-midi du jour où il est mort, à quatre-vingt-treize ans, il était allé voir *La Strada* à l'Éden, rue de la Roquette, où l'on passait d'anciens succès.

À l'époque, au début des années vingt, j'allais le vendredi avec maman louer des places, toujours les mêmes, premier rang de balcon, au Triomphe, à deux pas de la Nation. C'était le cinéma le plus chic du quartier, avec des ouvreuses et un pianiste. La mode était alors aux films à épisodes. Je me rappelle très bien de *Barabbas* qui nous avait tenus en haleine durant quatre semaines.

Parfois, les Badin nous accompagnaient. C'étaient l'oncle Pierre et la tante Marguerite qui habitaient au-dessus, au cinquième. Ils étaient pour moi deux fois oncle et deux fois tante puisque Pierre était le frère de ma mère et Marguerite la sœur de mon père. L'oncle Pierre, un maigre discret, chauve et débonnaire, faisait exception dans la famille. Pas à cause de son nez assez proéminent mais parce qu'il « n'était pas du bois ». Ses habits de travail, pantalon rayé, veston noir, col dur et cravate à système étaient la tenue obligée d'un chef adjoint au rayon soieries des Galeries Lafayette. Un grade qui faisait bon effet dans l'immeuble. Les voisines ne manquaient d'ailleurs pas de lui faire un beau sourire lorsqu'elles le croisaient dans l'escalier. Elles savaient qu'au moment des soldes, monsieur Badin aurait toujours pour elles, caché dans un tiroir, un avantageux coupon de taffetas ou de crêpe Georgette.

*
*   *

Mes deux frères, André et René, avaient dix et onze ans de plus que moi, ce qui les éloignait de mon orbite enfantine. Le père mobilisé dès avril 1914, ils avaient vécu la guerre dans la pénurie et l'angoisse ; leur adolescence en avait été perturbée. Moi, j'étais trop petit pour me rendre compte mais j'ai su plus tard que je n'avais manqué de rien, tout le monde se privant pour le bébé.

Il me reste en vérité de cette période le souvenir vague et embrumé d'un rugissement de sirène dans la nuit et la hâte de mon frère aîné qui m'enveloppait dans une couverture pour me descendre à l'abri – notre cave – à la lueur de la lampe Pigeon tenue par ma mère. Après, j'ai su. Des « Gothas » porteurs de bombes à mauvaise réputation avaient été repérés dans le ciel de la capitale. S'ils faisaient moins peur que la « Grosse Bertha », monstrueux canon de trente mètres de long qui tirait au hasard sur Paris, ces avions étaient néanmoins dangereux.

Je me rappelle qu'on a beaucoup parlé à la maison du bombardement de l'église Saint-Gervais, le vendredi saint d'avant l'armistice. Les vitres tremblèrent jusqu'au faubourg et le bruit courut qu'on dénombrait au moins cinq cents morts.

On sut le lendemain en lisant *Le Petit Parisien* que le nombre des victimes s'élevait à cent et qu'il y avait de nombreux blessés. La guerre finie, les journaux souligneront que c'était le dernier coup tiré par la « Bertha » depuis la Somme. En tout, les deux canons qui répondaient au nom caressant de « Grosse Bertha » avaient bombardé Paris vingt-quatre fois et tué à près de deux cents reprises. Ce palmarès tragique n'a pas compté pour grand-chose dans le bilan du carnage mais « la grosse cochonne », comme l'appelaient les gamins, avait fortement marqué les petits Parisiens de 14-18. Des années plus tard, je demanderais encore à mes frères de me raconter l'histoire de la « Grosse Bertha ».

*

* *

Jusqu'à la fin de la guerre, mon père est resté pour moi une sorte de personnage mythique dont on me montrait des photos floues et qui venait, après de longues disparitions, s'installer pour quelques jours à la maison, ce qui bouleversait les habitudes de la famille, habituée à son absence.

Je me souviens très bien, au cours d'une de ses permissions, de la séance chez le photographe. C'était la première fois que la famille se trouvait réunie devant un objectif. L'œil de verre cerclé de cuivre vissé sur une boîte d'acajou, elle-même juchée sur un trépied, m'intimida, comme m'intrigua le primesautier monsieur Chamillard, « photographe d'art » de son état ainsi que l'indiquait l'enseigne de son magasin situé à l'angle de la rue Saint-Nicolas et du faubourg. En arrivant, j'avais demandé qu'on me lise les mots gravés sur la plaque dorée. Mon frère René s'en était chargé, prononçant distinctement pour que je comprenne : « Félix Chamillard photographe d'art ». Puis il avait lu l'indication au-dessous : « On opère à l'électricité tous les jours jusqu'à huit heures du soir. » J'avais besoin d'explications mais monsieur Chamillard nous installait déjà près d'une colonne de plâtre du plus bel effet et nous priait de ne plus bouger. C'est lui qui virevolta, pirouetta, glissa sur le parquet entre son appareil et la famille figée devant le décor. Après ces arabesques, il cachait sa tête chauve sous un voile noir et pressait en poussant un petit cri une sorte de poire à lavement.

Pour cette sortie, mon père avait rangé son uniforme dans la penderie, mis son beau costume marron et son gilet à fleurs. Il s'était rasé de près, comme tous les jours lorsqu'il était en permission, et vaporisé d'eau de Cologne ; puis il avait appelé l'épouse pour lui dire ces mots sublimes : « C'est à l'ange du foyer d'étrenner ma barbe. » Après ce rituel conjugal venait mon tour de goûter la douceur de la joue paternelle.

*

* *

Il est difficile de faire la part du vrai et de l'apparent dans les souvenirs de la prime jeunesse. Ainsi, j'avais tellement entendu raconter que, sevré depuis longtemps, je réclamais dans mes premiers balbutiements « Tété prendre, maman » que je me demande si ce ne sont pas ces répétitions que j'ai inconsciemment converties en souvenirs. Pourtant je me vois encore nicher ma tête sur la poitrine de ma mère et caresser de ma petite main le mamelon de son sein. Cela serait mon premier souvenir de l'appartement du faubourg avec la glace de l'armoire qui reflétait ma tendre béatitude. Après cette nébuleuse, les souvenirs du 249 et du faubourg sont bien réels.

Le 11 novembre 1918, j'avais l'âge de la guerre : quatre ans. « Guerre », un des mots que j'avais le plus entendu, que je répétais à tout bout de champ mais dont je ne pouvais saisir la charge émotionnelle et tragique. Quand « paix » lui succéda dans toutes les bouches, je compris qu'il s'agissait d'une nouveauté d'envergure qui allait changer nos habitudes et signifiait en particulier le retour du père. Mes frères en parlaient sans cesse, de ce retour. Ma mère l'attendait aussi, bien sûr, mais ces quatre années terribles lui avaient appris à maîtriser ses élans et à ne pas chercher à devancer le temps. C'est à peine si l'annonce de l'armistice avait gommé un peu de tristesse sur son visage éploré. Je l'avais entendu dire à la tante Marguerite, dont le mari était prisonnier en Saxe : « Je ne croirai au bonheur que le jour où Jean-Baptiste frappera à la porte ! »

Et ce jour arriva. Un soir, alors que nous allions nous mettre à table. Maman sut tout de suite que c'était lui. Elle courut ouvrir et ils entrèrent dans la salle à manger en pleurant, serrés l'un contre l'autre. Mes frères se précipitèrent les premiers mais c'est moi que le père souleva dans ses bras en disant : « Petit Jean, maintenant nous allons pouvoir vraiment faire connaissance ! »

Je n'avais pas revu papa depuis sa dernière permission, qui remontait presque à un an. Il avait maigri et paraissait flotter dans sa grande capote bleue. Je remarquai surtout qu'il n'avait plus de moustache et, devant mon étonnement, il expliqua qu'il l'avait rasée pour étrenner son retour à la vie civile. Cela n'étonna pas maman qui avait successivement connu son original de mari glabre, avec un bouc à la Napoléon III, des favoris et une moustache aux extrémités relevées et cirées en pointe.

Le père raconta qu'il avait voyagé toute la journée dans un train militaire non chauffé et qu'il n'avait mangé qu'une boîte de singe… ce qui m'horrifia. Tandis que maman fourrait une pelletée de charbon dans le poêle Godin, mon frère André m'expliqua qu'il s'agissait de conserve de bœuf, du « bœuf de guerre dur comme la pierre ». Le père dit encore qu'il avait faim et maman alla chercher dans un placard de la cuisine une boîte de pâté qu'elle gardait, je crois bien, en réserve pour ce soir-là.

— Cela va améliorer un peu l'ordinaire, dit-elle. Nous n'avons ce soir, mon pauvre chéri, que de la soupe et du riz au gras.

Chez nous, à l'époque, il y avait le riz au lait et le riz au gras cuit avec un peu de lard ou un morceau de saindoux. Chacun mangea une tartine de pâté avant de plonger sa cuiller dans la bouillie grisâtre d'un riz qui avait dû longtemps languir dans la cale d'un cargo chinois. Il y eut même un dessert, de la compote de pommes, douceur rare depuis que les restrictions avaient été aggravées. Ce fut un beau repas. J'ai eu au cours de ma vie l'occasion de goûter à des plats sublimés par des toques étoilées mais je n'ai jamais oublié la saveur du riz gluant liée au retour du père, caporal à la 83e compagnie d'aérostiers !

L'émotion et les questions dont mes frères assaillaient le héros m'ayant fatigué, maman me coucha. À travers la porte, j'entendis toutefois encore André demander :

— Combien de saucisses les Boches vous ont-ils descendues durant la dernière semaine de guerre ?

La question me parut étrange et je m'endormis dans le flou d'une compagnie de casques à pointe attablée devant un énorme plat de Francforts.

Je fus fixé le lendemain par mes frères qui se moquèrent sans vergogne de moi :

— Comment ? Tu ne sais pas que le père était aérostier ?

— Aviateur, papa était aviateur ?

— Mais non, aérostier ! Il montait dans le ciel mais pas en avion, dans un ballon rond ou de forme allongée qu'on appelle une saucisse.

*
* *

J'ai conservé le livret militaire du caporal Jean-Baptiste Benoist que mon père a porté sur lui durant toute la guerre. Ses feuillets, jaunis et déchirés, tomberont bientôt en poussière. Entre deux pages, j'ai retrouvé une feuille de papier où apparaît, à demi effacé, un texte tapé à la machine :

« Q.G., le 6 août 1918.

« Le général Dhers, commandant la 87e Division, cite à l'ordre de la division « La 83e Compagnie d'Aérostiers ».

« Commandée par le lieutenant Malecasse pendant les opérations des deux derniers mois, grâce au courage des observateurs, le sous-lieutenant Seneschal et l'adjudant Couvreur, à l'habileté du personnel technique, sous les ordres du caporal Benoist, s'est dépensée sans compter, malgré les attaques des avions ennemis et de nombreux combats aériens, a rendu les meilleurs services contribuant ainsi à la victoire qui a entraîné ce jour la retraite de l'ennemi. »

Le caporal, mon père, n'était pas Guynemer, mais après avoir si longtemps dirigé la manœuvre du treuil qui hissait dans la nacelle les observateurs, il pouvait retrouver, content de rentrer vivant, les rues de son vieux faubourg.

Ce qu'il fit dès le lendemain de son retour, canne à la main et cravate grise sur son gilet à fleurs.

2

Roland Garros

La fin de la guerre ayant sonné le réveil du quartier, les gens du faubourg qui avaient sauvé leur peau montraient le bout du nez à la porte des ateliers endormis depuis quatre années. C'est qu'il y avait belle lurette qu'on n'avait construit un beau meuble dans le faubourg ! Les hommes du bois avaient été mobilisés et, d'ailleurs, qui aurait songé durant le conflit à changer sa salle à manger ? Les ébénistes, les menuisiers en sièges, les sculpteurs trop vieux pour être envoyés au massacre avaient bricolé çà et là pour gagner un peu d'argent. Certains avaient eu la chance de trouver une place dans les usines qui travaillaient pour l'armement, en particulier celles qui fabriquaient les avions devenus pour les combats des auxiliaires essentiels.

Mon père m'emmena alors souvent faire avec lui le « tour du faubourg ». C'était avant tout, je l'ai compris plus tard, pour voir qui était rentré et qui était resté, avec sa croix de bois, en Argonne ou au chemin des Dames. Les rescapés l'accueillaient avec joie et émotion :

— Ah Jean-Baptiste ! Tu t'en es tiré, toi aussi !

Tous, disséminés dans les ruelles, les cours et les passages, remettaient de l'ordre dans l'atelier, royaume abandonné, presque oublié dans la boue des tranchées. Partout, de la rue de Reuilly au passage de la Main-d'Or, de l'impasse de la Bonne-Graine à la rue de Montreuil, on raccrochait au mur les scies à refendre, on ouvrait les caisses où avaient été rangés les ciseaux, les gouges, les varlopes et les rifloirs. On affûtait les lames sur la pierre à huile pour leur rendre le tranchant qui leur permettrait bientôt de tailler d'un coup sec de maillet les premières mortaises.

Chez Georges Branquet, un grand maigre aux traits fatigués qui avait été apprenti avec lui, le père eut la larme à l'œil en le découvrant aligner ses gouges sur l'établi avec une main droite à laquelle il manquait trois doigts.

— Tu regardes ma main ? dit Georges. Un éclat d'obus qui m'a aussi atteint à la tête ! J'ai eu de la chance, je ne suis pas mort et j'ai fini la guerre à l'abri dans un hôpital.

Je me rappelle avoir été marqué par cette scène et par la réponse du père à qui je demandais comment le monsieur allait pouvoir travailler :

— Cela ira. C'est avec la main gauche qu'on tient et dirige l'outil, et avec la paume droite qu'on frappe. Il pourra s'habituer.

On passa aussi chez Jean Moqué, au 95 du faubourg.

— Je sais qu'il est rentré, avait dit le père. C'est le plus habile et le plus important fabricant de sièges de Paris.

Dans le passage, nous poussâmes une porte qui donnait sur un long couloir au plafond duquel pendaient des centaines de cartons aux formes découpées.

— Tu vois ces gabarits, me montra papa, ce sont ceux de tous les sièges sortis aux XVIIIe et XIXe siècles de l'atelier des Jacob, cette lignée géniale d'ébénistes-menuisiers. Mon ami Jean, qui a succédé à son père Auguste, peut retrouver le modèle et fabriquer n'importe quelle bergère ou fauteuil ayant meublé les demeures royales. Pour la sculpture, il sait à qui s'adresser !

Les retrouvailles scellées, tous deux évoquèrent l'avenir du métier. Comme je regardais, fasciné, les formes de carton suspendues au-dessus de nous, Jean Moqué me dit :

— Tu vois petit, avec ces découpages, nous pouvons, ton père et moi, reconstruire le dernier fauteuil dans lequel Louis XVI était assis avant de quitter Versailles.

Hélas, ce nom ne m'évoquait pas grand-chose. Louis XVI tout de même... Alors Jean Moqué prit une perche, décrocha ce qu'il appelait un gabarit et lut l'inscription portée dessus : « Versailles 1792. N° 546 ».

*

* *

Il ne manquait au faubourg que le nerf de la paix – le travail – pour renaître à la vie. Cela m'intéressait peu mais je voyais papa heureux et j'étais content. Il me lançait : « Tu verras quand le travail aura repris ! » Maman avait utilisé à peu près les mêmes mots en parlant de la paix. Mais cette fois c'était l'armistice du métier qu'attendaient les gens du bois.

Mon père trouva vite à s'employer. Il était une « fine lame » et je l'ai souvent entendu dire, parce que c'était vrai : « Je suis le meilleur dans le faubourg », mais il ajoutait : « Après Maruco qui est un grand artiste. »

C'est justement Maruco, arrivé d'Italie quelques années avant la guerre, engagé dans la Légion et revenu sain et sauf par miracle, qui lui proposa d'entrer chez Jansen où lui-même venait d'être engagé comme contremaître de l'atelier d'ébénisterie et de sculpture. Jansen, c'était depuis Louis-Philippe l'art du meuble poussé à l'extrême, le luxe institutionnalisé. Les ateliers de la rue Oberkampf, comme le magasin de la rue Royale étaient restés entrouverts durant la tourmente, juste pour satisfaire les caprices de quelques riches et rares clients qui demandaient, en pleine bataille de la Marne, la réplique d'un siège Louis XV ou voulaient dans l'urgence changer les boiseries de leur salon. Quelques ouvriers non mobilisés avaient suffi à assurer cette maintenance mais, la paix revenue, les descendants de Michel Jansen, l'ancêtre qui s'était jadis rendu célèbre par ses meubles en bois rares, entendaient rendre à leur nom sa suprématie. Ils savaient que si quatre millions d'hommes étaient morts, d'autres avaient, pendant la guerre, gagné des fortunes qu'ils étaient prêts à dépenser.

Papa fut heureux comme quelqu'un qui retrouve la santé après une interminable maladie. Dès le lendemain, il sortit ses trousses à outils du placard et enfila avec émotion sa blouse de sculpteur en toile blanche écrue. Avant de partir, il m'appela, me prit dans ses bras et me dit, s'adressant aussi à ma mère :

— Aujourd'hui, avec le retour du travail, la guerre est vraiment finie. Je ne veux plus qu'on en parle dans cette maison !

*

* *

Le sujet fut dès lors à peu près banni des conversations familiales. Ce n'est que deux ans plus tard, après avoir lu dans *Le Journal*, le quotidien préféré par maman au *Petit Parisien* pour les mots croisés de Tristan Bernard, que l'hydravion américain de Brown et Allock avait relié sans escale New York à l'Angleterre, que mon père revint sur le sujet. C'était, il est vrai, une histoire d'avions, son dada avec la boxe et Anatole France. J'avais à l'époque plus de six ans et je peux aujourd'hui reconstituer les détails d'un récit souvent rappelé par mes frères.

Papa s'éclaircit la voix en vidant son verre de vin rouge, du 11 degrés de chez Hauser, enseigne plus connue alors que Nicolas et qui avait une succursale juste en face chez nous. Puis il raconta :

— La guerre avait permis à l'aviation de faire des progrès considérables. Aux bombardiers bien sûr, mais aussi aux avions de chasse dont les pilotes français et allemands rivalisaient d'adresse et d'audace. Nous étions bien placés pour observer ces duels farouches car les chasseurs ennemis rôdaient sans cesse autour de nos ballons d'observation afin de les descendre. Comme ils étaient gonflés à l'hélium, une seule balle suffisait pour les embraser.

— Que devenaient les observateurs ? avait demandé André, soudain terrorisé.

— Il était rare qu'ils aient le temps d'actionner leur parachute. Vois-tu, ils n'avaient le plus souvent le choix que de se tirer une balle dans la tête ou de se lancer dans le vide afin d'éviter d'être brûlés vifs. Nous, en bas, il nous restait à regarder, horrifiés, éclater dans le ciel une énorme boule de feu et à rechercher les corps disloqués de nos camarades.

Après un silence que personne n'osa rompre, le père avait repris :

— Puisque nous parlons de ces horreurs, je vais vous raconter, pour finir, l'histoire d'un héros dont la légende courait depuis le début de la guerre, un aviateur dont les journaux n'ont pas fini d'évoquer les exploits et dont le nom, sans doute, restera célèbre.

« C'était dans les Ardennes, à un mois de l'armistice. Nous avions deux saucisses en l'air que les Fokker allemands tentaient d'approcher en évitant les tirs de la défense antiaérienne. Il était trop tard pour descendre nos ballons mais nous reprîmes espoir en apercevant trois points blancs en train de grossir à l'horizon. Le lieutenant régla ses jumelles et cria : « Ce sont des Squad ! » Un grand soulagement nous gagna. L'arrivée de chasseurs de la 26e escadrille des « Cigognes » basée à Rethel et chargée de nous protéger allait sans doute faire rebrousser chemin aux avions ennemis. Sinon nous risquions d'assister à un combat aérien comme il s'en déroulait parfois à proximité de notre base.

« Tout se passa très vite. Coupée de loopings, de piqués, de vrilles, l'action s'engagea. La compagnie se tenait immobile, partageant son attention entre les nacelles où l'on distinguait les silhouettes de nos camarades et le ballet acrobatique qui se déroulait autour dans le crépitement des mitrailleuses.

« Soudain une fumée et la chute, hésitante d'abord, puis libre, d'un Fokker qu'on vit s'écraser à l'orée d'un bois. « Plus que deux » dit le lieutenant. Le duel, pourtant, n'était pas fini. Peu après, c'est en effet un chasseur français qui explosa, juste avant que les Fokker ne disparaissent enfin de notre ciel. Le lieutenant donna alors l'ordre de descendre les saucisses et constitua trois groupes chargés de battre la campagne à la recherche du corps du pilote français descendu.

« Nous avons d'abord retrouvé l'Allemand dans un buisson. C'était un jeune homme, presque encore un enfant, qui avait gardé dans la mort un semblant de sourire. Pas très loin, mon groupe découvrit le Français que les brûlures avaient défiguré. J'ai cherché ses papiers et, stupéfait, j'ai regardé mes camarades. Il s'agissait de Roland Garros, l'un des plus grands aviateurs de l'avant-guerre, aussi célèbre que Védrine et Guynemer. Il s'était fait connaître en réalisant en 1913 la première traversée de la Méditerranée et, la guerre déclarée, tout en participant aux batailles du ciel, il avait mis au point un système de tir à la mitrailleuse à travers l'hélice. Grâce à cette invention, on n'avait plus eu besoin de passager mitrailleur. Le pilote orientait lui-même les tirs en même temps que les évolutions de son avion. Garros tint d'ailleurs à expérimenter sa découverte et abattit deux « Albatros » avant d'être touché à son tour et d'effectuer un atterrissage forcé dans les lignes allemandes. En examinant l'appareil, les Allemands percèrent son secret. Fait prisonnier, Roland Garros passa trois années dans un camp à Magdebourg puis, déguisé en officier allemand, parvint à s'évader avec un autre détenu. De là, il gagna la Hollande, l'Angleterre puis enfin la France où il fut reçu en héros, couvert d'éloges et de décorations. Tenaillé par sa passion, il n'eut toutefois de cesse que de se retrouver aux commandes d'un chasseur. Il vola et combattit ainsi toute une semaine, remporta deux victoires mais, le 4 octobre 1918, la veille de ses trente ans, fut descendu comme je vous l'ai dit. On l'inhuma au cimetière de Vouziers, bien loin de son île natale de La Réunion. Le jeune aviateur allemand au passé plus discret fut enterré dignement le lendemain, non loin de la tombe de Roland Garros. La même croix de bois marqua les deux sépultures. Un mois plus tard, l'armistice était signé.

— Papa, ton histoire est triste, renifla René.

— Aussi ce sera la dernière ! Maintenant parlons d'autre chose. Vous, les grands, dites-moi comment va l'école. Je sais que votre maman s'occupe de vos devoirs et de tout le reste mais je tiens à être au courant !

*

* *

Pourquoi certains souvenirs vous reviennent-ils sans se faire prier, tandis que d'autres restent ensevelis dans je ne sais quel recoin du cerveau ? Les neurologues n'ont pas fini d'en discuter. Réjouissons-nous, plutôt, que tant d'années après, des événements, des scènes, des visages oubliés puissent, à votre signal, se rembobiner dans vos neurones et défiler avec netteté sur votre écran personnel. Tenez, il me suffit d'un coup d'œil au coq de Barye qui parade chez moi, fier de son camail, sur la table où je prends mon café, pour me retrouver place d'Aligre où, vers 1920, le dimanche matin, les marchands de choux-fleurs cédaient la place aux brocanteurs.

Un moment de réflexion, les yeux fermés, et voilà l'image qui bouge. Je tiens la main de mon père, trottine à côté de lui entre les étals de chiffons, de ferrailles, de lunettes usées par des yeux inconnus, de cartes postales du Tréport, de portefeuilles troués, de photos pâles d'enfants tristes, de clés perdues en quête de portes, de bouchons de carafes, d'outils rouillés, d'aquarelles rincées par la pluie et toute une profusion d'objets insolites.

Le père, de l'œil perçant avec lequel, il n'y avait pas si longtemps, il observait à la jumelle les avions de chasse du *Kaiser*, cherchait dans ce fouillis miteux l'aubaine qui illuminerait son dimanche.

Je revois le jour où, dans un capharnaüm de cafetières, de tasses ébréchées, de fourchettes édentées, il distingua le coq, camouflé sous la crasse, qui lançait un cocorico pathétique à une pipe en terre à tête de zouave. Papa l'entendit, le sortit du fatras et demanda d'un ton neutre :

— Combien le coq ?

Je ne saurais dire le prix qu'annonça le marchand mais je me rappelle qu'il ajouta : « C'est du bronze ! » et que le père rapporta à la maison son volatile enveloppé dans du papier journal. En route, il me dit :

— Nous avons fait une bonne affaire, c'est un bronze de Barye, un grand sculpteur d'animaux. Rentrons vite pour que je le nettoie !

Papa avait raison, c'était une affaire. Il avait acheté pour quelques heures de travail chez Jansen ce bronze que j'ai regardé chanter toute ma jeunesse dans le logement du faubourg puis dans tous les appartements que j'ai occupés.

Le coq eut plus tard deux compagnons, une lionne couchée et un éléphant, autres bronzes du même Barye que mon père avait achetés beaucoup plus cher chez un antiquaire du boulevard Richard-Lenoir. Car Jean-Baptiste Benoist avait l'âme d'un collectionneur. Il n'était évidemment pas assez riche pour s'offrir des œuvres de grande valeur mais il savait, parce qu'il était un artiste, trouver les tableautins de petits maîtres, les ivoires sculptés, les bronzes, les statuettes qui, s'ils ne portaient pas une signature connue comme les Barye, se révélaient tous de bonne facture.

C'est ainsi que, dès l'âge de cinq ou six ans, j'ai été initié à cette douce manie de la collection, les tableaux surtout, qui m'a coûté beaucoup d'argent mais m'a aussi causé de grandes joies. Papa n'a jamais dépensé pour satisfaire sa marotte des sommes qui dépassaient ses moyens. Le problème, en revanche, c'était la place. L'appartement était petit et les deux grandes pièces n'avaient que quatre murs pour supporter les tableaux et les gravures qu'il rapportait des puces d'Aligre, de la foire à la ferraille de la Bastille ou de ses fouilles chez les brocanteurs où je l'accompagnais souvent. Quand il rentrait avec un paquet sous le bras, il était accueilli par la même question maternelle : « Quelle cochonnerie as-tu encore trouvée ? » Et lorsque je n'avais pas été de la partie, je me précipitais pour déplier le papier journal et donner mon avis, ce qui ne manquait pas d'amuser le père et de rendre à maman son sourire.

J'ai ainsi ouvert un jour un paquet qui pesait si lourd que je ne pus le porter jusqu'à la table. Il était ficelé comme un rôti et papa dut sortir son couteau Pradel de la poche pour me permettre de déchirer la dernière enveloppe de papier et de m'écrier :

— Oh ! Je ne l'aime pas ce bonhomme !

— Ton bonhomme, dit papa en riant, c'est Mercure. J'ai acheté cette tête en bronze (toujours le bronze !) pour une bouchée de pain au brocanteur Dufaux de la rue Popincourt. Il n'a l'air de rien ce vieux brigand mais il est instruit. Il m'a dit que la tête représentait Mercure, le dieu romain. Mais on regardera cela tout à l'heure dans le Larousse.

Ce Mercure, décidément, avec son casque ailé et son air rusé me fut d'emblée antipathique. Mon père, heureusement, était parti le laver sur l'évier et le bichonner avant de le ranger dans un placard. « Bonsoir Mercure ! » me dis-je, croyant en être débarrassé. Mais une dizaine de jours plus tard, papa rentra à la maison, un volumineux paquet sous le bras. Cette fois il n'avait rien acheté mais sculpté dans un bloc d'ébène une superbe console, un ange joufflu qui étendait ses ailes pour supporter quelque chose… Quoi au juste ? Le père ne me laissa pas longtemps dans l'expectative :

— Mercure va être très bien là-haut, asséna-t-il en montrant l'une des rares surfaces encore disponible sur les murs.

Boîte à outils, escabeau, marteau… En quelques minutes, sous l'œil résigné de maman, Mercure, dont la tête d'airain était bien plus grosse que la mienne, prenait place dans le panthéon familial.

L'ennui, c'est que son regard croisait le mien lorsque j'étais couché. Je dormais en effet dans la pièce qu'on appelait la salle à manger, le terme « living-room » étant alors inconnu dans le faubourg, même chez les marchands de meubles. Or il y avait des nuits où, se jouant du rideau, un rayon de lune malin faisait luire le visage de bronze. Une fois, je me rappelle même m'être réveillé et avoir hurlé de frayeur : « Maman, Mercure me regarde ! » Pendant un temps, pour m'éviter des cauchemars, on couvrit donc d'un voile le front ailé du dieu, dont j'appris plus tard qu'il était vénéré des Romains, comme Hermès des Grecs, qu'il était intelligent, rusé et avait des ailettes attachées à ses talons pour accomplir ses devoirs de messager de l'Olympe.

Mercure est désormais installé dans mon bureau, devenu un ami. J'ai même compris à son regard qu'il m'encourageait à raconter les bons tours qu'il m'a joués lorsque j'étais petit.

3

Et la lumière fut

Notre immeuble, je veux dire le « 249 », comptait cinq étages et sa construction était relativement récente. Deux caractères qui le distinguaient des maisons traditionnelles du faubourg bâties de guingois dans les premières années du XIXe siècle, voire avant, et qui, comme le 247 voisin, étaient délabrées, souvent carrément insalubres. Nous, nous avions l'eau courante et le gaz, qualités précieuses qui frôlaient le confort des beaux quartiers.

Je n'avais pas connu, sauf dans notre maison de campagne de La Varenne acquise en 1912 et dont j'aurai l'occasion de reparler, l'éclairage aux lampes à pétrole mais le « gaz à tous les étages », ainsi que le signalait avec un peu de suffisance une petite plaque bleue scellée sur la façade. L'éclairage intéressait fort mon père qui aimait bien distinguer, le soir, tandis qu'il présidait le dîner, les trésors de ses collections. Ainsi avait-on été les premiers dans l'immeuble à faire installer des « manchons Auer », sortes de petites poches finement maillées qui diffusaient une lumière blanche bien meilleure que celle des vieux becs et des manchons droits. À six ans, ces côtés techniques ne me souciaient pas mais je revois très bien maman allumer les trois fameux manchons renversés de la suspension qui grésillaient quelques secondes avant de libérer leur flot lumineux.

Et voilà qu'un jour deux ouvriers sont arrivés et ont fait courir le long des plinthes des baguettes de bois. Ma mère m'expliqua, tout heureuse, qu'ils venaient « poser l'électricité ». Très intéressés, mes frères, en rentrant de l'école pour le déjeuner, assaillirent de questions les envoyés du progrès et finirent, comme cela arrivait souvent, par se chamailler et par échanger quelques coups sans conséquence. Moi, je me rendais compte confusément qu'il s'agissait d'un événement considérable.

— Alors, demandais-je, ce soir un bec électrique va remplacer le gaz ?

Mes grands frères me traitèrent d'idiot et affirmèrent qu'il n'y avait pas de becs électriques mais des lampes. Un ouvrier m'en montra une, allongée comme une saucisse, en verre transparent, avec une sorte de toile d'araignée à l'intérieur.

— Vivement ce soir ! m'écriai-je.

J'allais trop vite : l'un des compagnons, un petit à l'accent italien, me dit qu'il faudrait attendre plusieurs jours pour que la fée électricité fasse jaillir la lumière dans notre salle à manger : il était en effet nécessaire d'installer un compteur.

— Comme pour le gaz ? demandai-je encore.

— Oui, et il faudra encore faire le branchement sur la colonne montante.

La colonne montante, je connaissais. On en parlait depuis des mois et elle avait déclenché une petite guerre dans l'escalier. Il y avait les « pour », gens d'avenir emmenés par le père, et les « contre », rétrogrades, radins qui refusaient de payer leur quote-part de l'ascension vers la lumière. La colonne montante, je la voyais donc comme celle de la Bastille, en plus petit tout de même. Je fus déçu en constatant, lorsque les forces progressistes eurent gagné, qu'il s'agissait seulement d'une longue boîte de bois grimpant jusqu'au cinquième à travers les paliers.

Et puis, enfin, le grand jour arriva ! Il ne faisait pas tout à fait nuit mais l'impatience générale accéléra le courant. Si je ne devais me souvenir que d'une seule seconde de mes premières années, je suis sûr que ce serait celle où mon père, devant la famille haletante, proclama, sur le ton théâtral dont il usait dans les grandes circonstances :

— Au plus jeune d'illuminer l'avenir de la famille !

Je m'approchai et il me dit plus prosaïquement, en me hissant sur un tabouret :

— Serre fort et tourne le bouton !

Que ceux qui ont connu les premiers interrupteurs en porcelaine blanche lèvent la main ! De mes petits doigts, je réussis à manœuvrer le commutateur et la lumière jaillit de l'ampoule qui pendait au plafond. Tout le monde applaudit. Le père embrassa sa Jeanne et déclara :

— Il va falloir que je trouve un lustre. Un lustre ou plutôt une coupe en verre dépoli. Je connais un antiquaire qui possède des Lalique.

André et René voulurent naturellement tourner le bouton ; maman, qui laissait plutôt aux hommes ces amusements naïfs, s'y essaya aussi. Les Badin, eux, n'étant pas encore branchés, descendirent voir le miracle. Le père Laurent et sa fille Suzanne, nos voisins de palier, frappèrent à la porte. Surprise ! Un peu plus tard, la mère Suprin osa à son tour affronter le regard de papa et grimpa les cinq étages « pour se rendre compte ». On dîna tard ce jour-là et mon père affirma, en se servant de soupe :

— On est tout de même les premiers de la maison à avoir l'électricité !

*
* *

Le 249, c'était d'abord l'escalier. Celui qui l'avait dessiné devait être généreux. Il n'avait en effet lésiné ni sur la largeur des volées de marches, ni sur la taille de la cage qui permettait soit de le grimper en douceur, à la papa, soit de le dévaler quatre à quatre. Mes frères chronométraient les descentes, additionnaient les temps de dix courses et rentraient, haletants, boire leur cacao de quatre heures. La rampe était faite d'un beau bois blond. Lissée par l'usage, elle était douce à la main des locataires âgés comme à celle des gamins. Les frères s'étaient essayé un jour à descendre couchés dessus, sans que les pieds ne touchent le sol, mais René avait failli culbuter dans le vide et ils ne pratiquaient plus cette voltige que du premier étage au rez-de-chaussée, gratifiés souvent par un coup de balai et les cris de la Suprin qui les guettait à l'arrivée.

L'escalier, c'était aussi l'endroit de rencontre, l'unique lieu où l'on croisait la dame du second qui vivait seule avec son fils dans le plus vaste appartement de la maison. C'était une belle femme, élégante et sèche, qui accordait ses bonjours du bout des lèvres. Chapeautée dès le matin, elle « faisait des manières », disait-on. J'avais cru comprendre que son mari, un monsieur riche, vivait avec une autre femme et ne venait voir son épouse et son fils qu'une fois par semaine, le jeudi. Comme il n'avait pas été mobilisé, la paix revenue, on continuait de l'appeler par son sobriquet : « l'embusqué ». Cela dit, madame Dustenchaut vivait tristement retirée dans son bel appartement et maman la plaignait, comme elle plaignait le gamin qui rêvait de venir jouer avec moi au quatrième mais sur qui sa mère refermait vite la porte à deux battants, la seule de l'immeuble, histoire de le soustraire à la fréquentation de gens qui n'étaient pas de son monde.

Au premier, vivait un monsieur seul qui partait le matin, rentrait le soir et dont on ne savait rien aux étages du haut. La Suprin elle-même disait ignorer les occupations de ce locataire anonyme qui, pour brouiller un peu plus les pistes, s'appelait Dupont. Mes frères, grands lecteurs des *Aventures d'Arsène Lupin*, affirmaient que c'était un espion autrichien et avaient échafaudé un plan de vigilance, se proposant même de filer un jeudi, jour sans école, l'énigmatique Dupont. Avec autorité, le père fit avorter dans l'œuf ces vocations de détective privé. Finalement, monsieur Dupont déménagea et l'on apprit qu'il tenait à Bagnolet une boutique de farces et attrapes. En face demeuraient les Morin. Lui était menuisier en sièges et n'avait pas trouvé de travail depuis sa démobilisation. Elle était couturière et ma mère lui confiait les raccommodages de la famille.

Tous les immeubles, tous les escaliers de Paris possédaient leur veuve de guerre, souvent plusieurs malheureuses dont les maris n'avaient pas eu la chance d'atteindre vivants l'arrivée du petit matin de l'armistice. On les reconnaissait parce qu'elles étaient vêtues de noir, traînaient à pas menus leur tristesse et, quelquefois, leurs enfants proclamés pupilles de la Nation. Cela signifiait que le Trésor versait aux mères des orphelins une chiche pension. La France leur avait aussi offert aussi une palme de bronze qu'elles pouvaient installer sur les buffets ou déposer sur les tombes des disparus lorsque les corps leur avaient été rendus, ce qui était rare. Notre veuve à nous habitait au troisième. Son mari, un ébéniste, était mort pour son nom. Appelé France, il avait été tué en 1916, lors de la grande offensive allemande sur Verdun. Elle élevait un garçon d'une quinzaine d'années, Joseph, que tout le monde appelait Jô, connu comme le loup blanc dans le faubourg. Après son certificat d'études, il était entré en apprentissage chez Frazi, le marbrier du 243, un colosse qui, serré dans son tablier de cuir, faisait penser à un héros wagnérien. Il ne forgeait pas l'épée de Siegfried mais égrisait, taillait et polissait ce matériau dur et fragile qui, depuis Louis XIV, recouvrait les commodes fabriquées dans le faubourg. Au lendemain de la guerre, hélas, il n'y avait plus de commodes, mais on manquait de marbre pour recouvrir les tombes. Le métier se révélait dur mais Frazi était un bon patron et Jô un garçon courageux. Avec sa paye, il se mit à faire bouillir la marmite et parvint à aider sa mère à supporter son chagrin. Du courage, il lui en fallut encore lorsque madame France fut touchée par la grippe espagnole, cette sorte de choléra qui, depuis 1917, frappait villes et villages et envenimait un peu plus la plaie ouverte par la guerre. Heureusement, madame France réchappa de cette épidémie qui, par bonheur, épargna le reste de la maison.

De tous les locataires du 249, se détachaient nos voisins de palier, monsieur Laurent, qui n'avait pour moi que des bontés, et Suzanne, vieille fille sans âge, qui servait son tyran de père avec crainte et vénération. Monsieur Laurent, parce qu'il portait de longs cheveux blancs et une barbiche, me paraissait très vieux. J'aurai l'occasion de reparler du bonhomme qui m'aimait bien et m'offrait du sirop d'orgeat lorsque je rentrais de l'école avec maman.

*

* *

Car j'allais maintenant à la maternelle. Quel beau nom donné à l'école des tout-petits ! Et quelle chance ont ceux-ci lorsqu'ils tombent, ce qui est presque toujours le cas, sur une merveilleuse maîtresse capable de les ouvrir à la vie ! Celle de l'école maternelle de la rue de Reuilly, où ma mère m'avait inscrit, s'appelait madame Boileau. Quand je me remémore aujourd'hui sa robuste silhouette, ses cheveux blonds, son visage rose et plein, je me dis qu'elle aurait fait un beau modèle pour Rubens. En jouant, en usant des crayons de couleurs sur des cahiers marqués aux armes de la Ville de Paris, elle m'apprit à lire, un peu à écrire et à compter jusqu'à cent. Je suis resté deux ans à la maternelle qu'on appelait aussi la petite école. J'ai même pleuré quand il m'a fallu entrer à la grande. C'était pourtant la porte à côté. En face s'élevait la caserne Reuilly avec sa guérite et sa sentinelle bleu horizon fraîchement enrôlée qui semblait s'ennuyer. Ce jeune mesurait-il sa chance d'avoir échappé, à quelques jours près peut-être, aux tranchées de Verdun ?

Matin, midi et soir, maman me conduisait à l'école et venait me rechercher. L'établissement se trouvait à deux pas, rue de Reuilly, mais il n'était pas question de me laisser traverser seul la chaussée du faubourg. J'aurais aimé pourtant flâner comme un adulte, regarder à l'intérieur du « Grand Café de Reuilly » qui était tout petit. J'aurais aimé m'attarder devant la boulangerie qui sentait la dernière fournée et faire une grimace à la tête de cochon, énorme, enjolivée de persil, qui trônait dans la vitrine de monsieur Besson, le tripier, si heureux d'avoir retrouvé sa boutique peinte en rouge, ses pieds panés et son grand couteau à trancher le foie de veau. J'aurais volontiers jeté un œil dans le passage servant d'atelier au marbrier Frazi et dit bonjour à Jô qui polissait en chantant une plaque de noir veiné. Mais je rentrais sagement, tenant la main de maman toujours pressée par le déjeuner ou le repassage à finir.

*

* *

Sitôt la maison retrouvée, je m'installais à mon poste d'observation devant la fenêtre, grande ouverte s'il faisait beau. J'avais une vue plongeante sur la chaussée pavée qui s'étendait, large et plantée de marronniers, vers la Nation et se rétrécissait direction Bastille entre les vieux immeubles grisâtres. Devant, il n'y avait rien, juste une maison à un étage qui n'empêchait pas le regard d'atteindre, par-dessus le toit, la façade blanche de la caserne de Reuilly et son fronton orné d'une pendule nous permettant de vivre à l'heure militaire. Les jours où le vent était favorable et le clairon inspiré, on entendait aussi sonner « la Diane » qui réveillait le 46e d'infanterie et la pacifique armée des gens du bois.

Pour moi, l'intérêt était en bas, sur ce pavé où, nombreux encore, les camions à quatre roues cerclées de fer, tirés par des chevaux musclés, passaient en faisant un bruit d'enfer. Les cochers avaient beau tonitruer, leurs chariots qui sautaient sur les pierres disjointes se faisaient infailliblement dépasser par les camionnettes automobiles des Grands Magasins du Louvre et les taximètres à moteur. La cohabitation donnait à la rue un caractère pittoresque. Je revois encore la rue de Montreuil bouchée par une voiture des Glacières de Paris à deux énormes roues dont le cheval était tombé. Le cocher claquait du fouet pour le faire se relever et les passants protestaient contre cette cruauté tandis que les chauffeurs de deux taxis, impatients, orchestraient le tableau d'un assourdissant concert de corne.

De ma fenêtre, je voyais l'automobile prendre jour après jour le dessus sur les chevaux et leurs attelages. J'avais acheté chez le libraire de la rue de Montreuil un petit carnet sur la couverture duquel j'avais collé la vue d'une superbe Hispano-Suiza découpée dans *L'Excelsior*, le quotidien que lisait mon oncle Pierre Badin parce que toutes les nouvelles étaient illustrées de photos et que c'était plus pratique à lire dans le métro. Sous l'Hispano-Suiza, j'avais écrit « Autos » aux crayons de couleur. C'est ainsi qu'au début des années vingt j'ai commencé à noter d'un bâton les automobiles qui passaient, en emplissant la voie de bruits nouveaux qui allaient du vrombissement des moteurs aux gémissements de tôles. À côté, la colonne des voitures attelées s'amenuisait tandis qu'avec l'aide de mes frères j'enregistrais de nouvelles marques, souvent américaines, et arrivais à ne plus confondre une Oldsmobile d'outre-Atlantique et une Vauxhall d'outre-Manche.

*

*   *

J'ai parlé de mes frères. C'étaient maintenant des jeunes hommes, ils avaient quitté l'école vers quatorze ans, comme cela se faisait chez les gens du bois, et couchaient dans une chambre que les parents avaient louée dans l'autre escalier de la maison, escalier desservant des logements sur cour, plus raide, plus sombre, plus étroit, bref très dissemblable du nôtre large, bien tourné avec ses paliers à tommettes rouges et ses bancs de noyer à chaque étage.

André et René se moquaient bien de l'escalier, ils avaient désormais leur chez-eux et pouvaient en toute tranquillité affirmer leurs différences de caractères. Ils partaient dans la vie avec les mêmes références, celles de l'école communale et l'éducation d'excellents parents : ils ne faisaient pas de fautes d'orthographe, savaient les préfectures et presque toutes les sous-préfectures, additionnaient, multipliaient, divisaient des kyrielles de chiffres et connaissaient cinquante dates importantes de l'histoire de France.

André, l'aîné, avait décidé qu'il voulait être sculpteur, comme le père qui lui avait trouvé une place d'apprenti chez un ami, lui avait composé une trousse d'outils et n'était pas tranquille. André, en effet, malgré ses affirmations, ne lui semblait pas « avoir la vocation de la gouge ». Enfin, tant bien que mal, il apprenait le métier en sculptant des perles et des raies de cœur. Galoubet, son patron, assurait mon père que tout allait bien mais j'avais entendu papa expliquer à ma mère qu'André ne serait jamais une « fine lame », ce qui pour lui était rédhibitoire. « Attendons un petit peu et nous lui chercherons autre chose », avait-il ajouté.

René, c'était différent. Il avait voulu « entrer dans le commerce » et apprendre l'anglais. Tandis que son frère passait souvent ses soirées au bar des Amis à jouer aux cartes, lui s'était inscrit à un cours du boulevard Richard-Lenoir où l'on enseignait la comptabilité et la langue de Shakespeare. Il regrettait même maintenant de n'avoir pas essayé de poursuivre ses études à l'École Arago, place de la Nation, seule voie ouverte aux jeunes qui n'avaient pas fréquenté le lycée, ce qui était le cas de tous les enfants d'ouvriers ou d'employés. Maman, pourtant, vingt ans avant, avait suivi les cours de l'École supérieure Élisa Lemonnier et avait obtenu le Brevet supérieur qui lui avait permis de devenir institutrice. À la naissance de son deuxième fils, elle avait choisi de s'occuper des enfants, décision que le père avait saluée en déclarant qu'il gagnerait toujours assez pour nourrir la famille.

René était donc entré en qualité de commis chez Jourde, marchand de boutons en gros, pour devenir représentant deux ans après. Il était habillé tous les jours, comme le père le dimanche, d'un costume avec gilet et cravate. Cela n'a l'air de rien mais aux yeux des locataires du 249 et de la mère Suprin, par cette seule tenue, le petit Benoist avait changé d'état. Bien que gagnant moins, il n'était plus un ouvrier en blouse ou en tablier mais un employé en col blanc. Il avait en outre de l'ambition, économisait ses gains, avait installé au mur de sa chambre un « extenseur » pour se faire des muscles et disait qu'un peu plus tard il se mettrait au tennis. Au cours du dîner qu'André, malgré les remontrances du père, honorait de moins en moins souvent, René racontait sa journée, les ventes qu'il avait réalisées, les radineries du vieux Jourde pour qui un bouton était un bouton et ses projets qui, n'aurait été la modicité de ses revenus, auraient dû le plonger très vite dans un autre monde.

*
* *

Moi, je grandissais, avais régulièrement le prix d'excellence à la grande école, celui d'honneur revenant invariablement à Thénot qui, honnêtement, me surpassait dans toutes les matières. Ce qu'il a pu m'agacer ce Marc Thénot qui me parlait toujours de son père, capitaine de pompiers dans la caserne voisine de la rue de Chaligny. Je lui répondais que le mien était un artiste. Mais qu'il est difficile, à huit ans, de défendre la gloire de son père face à un capitaine de pompiers !

En passant à la grande école, j'avais changé la douce et opulente madame Boileau contre un maître sec, affûté comme une lame de couteau. Il s'appelait monsieur Gagnepain et enfilait le matin en arrivant, du 1er octobre à la fin juillet, la même blouse grise. Ce n'était pas un gai luron mais un excellent instituteur qui ne ménageait ni ses efforts ni ses élèves pour transmettre son savoir. Il usait volontiers de sentences dont nous devinions rarement le sens, telles que « Savoir, c'est comprendre comment la moindre chose est liée au tout » ou « La seule chose que je sais, c'est que je ne sais rien ! » Le jour où cette dernière phrase avait été accueillie par un éclat de rire, il s'était écrié : « Silence, imbéciles, c'est de Socrate », et il nous avait parlé du philosophe grec pendant un quart d'heure.

Monsieur Gagnepain avait son système pour assurer la discipline dans sa classe, une habitude qui aujourd'hui entraînerait une manifestation avec pancartes des parents d'élèves et protestation de la Ligue des droits de l'homme. Il posait en effet sur son pupitre une sorte de grosse règle de bois, arrondie sur les angles et dont l'usage antérieur restait mystérieux. Des grands qui avaient, avant de monter de classe, tâté de la règle affirmaient qu'il s'agissait d'une arme de la tribu des Hottentots, ce qui n'a jamais été prouvé. Monsieur Gagnepain, lui, l'utilisait comme une sorte de missile qui partait brusquement en tournoyant et atteignait le bavard fauteur de trouble avec une précision diabolique. Aux mains, c'était le but visé, mais parfois elle touchait la tête. Dans ce cas, assez rare, il était convenu de ne pas émettre le moindre cri, de ne pas pleurer. C'est tout juste si la fierté de la classe autorisait de se frotter le front endolori. Que ceux qui ont connu le casse-tête de monsieur Gagnepain sourient. On l'aimait bien notre maître en blouse grise !

4

Les discours de monsieur Laurent

La fréquentation du garçon du second m'étant défendue par sa mère, la « dame à chichis », mon seul ami dans la maison était un vieillard, le père Laurent. Il ne se déplaçait qu'à l'aide d'une béquille et ne sortait presque jamais de son appartement. Souvent, le soir, il guettait mon retour de l'école et demandait à maman s'il pouvait me raconter une histoire. C'était son plaisir, à ce brave monsieur Laurent, de me parler du faubourg où il avait vécu toute sa vie, dont il avait parcouru, depuis sa prime jeunesse, toutes les ruelles, les cours et les passages. Cloué maintenant à son quatrième, il passait son temps à rassembler les notes qu'il avait prises au fil des années, à compulser ses dictionnaires, à demander à sa fille Suzanne de lui retrouver dans la forêt de livres qui garnissait ses murs tel ou tel ouvrage sur le vieux Paris qu'il se rappelait avoir acheté jadis sur les quais ou chez un libraire de la rue de Seine.

Depuis la vente de son magasin de vernis, colles et produits pour l'ameublement, négoce qui lui avait permis d'amasser une petite fortune et de connaître tous les artisans du quartier, monsieur Laurent avait entrepris d'écrire l'histoire du faubourg Saint-Antoine. Son père tenant déjà la boutique de la rue de Montreuil, lui-même ayant été jusqu'au Brevet à l'école des frères de la rue de Picpus, il rédigeait facilement et couvrait les pages d'un gros registre de son écriture dont j'admirais les pleins dodus et les maigres déliés. Il usait pour cette élégance de plumes Sergent-Major qu'il me donnait, usées, lorsqu'elles commençaient à égratigner le papier. J'en faisais bon usage dans la cour de récréation où le jeu de plumes faisait fureur. Un carré tracé à la craie sur le bitume, un trait à deux mètres et les chiquenaudes de l'index faisaient l'affaire, on empochait les plumes entrées dans le carré. S'en suivait un échange de sous et de bonbons dont profitaient les champions. C'était la seule compétition où je battais Thénot. La pointe Bic a depuis longtemps chassé le pacifique jeu de plumes des cours d'école, c'est dommage.

*

* *

Un jour, monsieur Laurent me demanda si je connaissais l'histoire de la commode, ce meuble dont les tiroirs assemblés à queue-d'aronde ont nourri des générations d'artisans du faubourg.

— Non, ajouta-t-il, tu ne la sais pas. Ton père lui-même l'ignore, je crois bien !

Monsieur Laurent repoussa les livres qui encombraient la table de sa salle à manger et ouvrit son gros registre gainé de toile noire, « un reste de mon commerce », m'avait-il dit.

— C'est sur un livre comme celui-là que j'enregistrais les commandes de colle forte, de pierres à affûter et de papier de verre. Chaque fois que je l'ouvre, je repense à mes anciens clients. Ébénistes modestes ou grands noms du faubourg, ils s'approvisionnaient tous chez moi. Eh bien ! Je vais te lire ce que j'ai écrit ces jours-ci sur celui qui fut un ébéniste de génie, un peintre habile, un sculpteur remarquable. Il s'appelait André-Charles Boulle. Je ne lui ai jamais rien vendu car cela se passait en 1662. À propos, sais-tu qui était alors le roi de France ?

La question tombait bien, monsieur Gagnepain nous avait fait le matin même sa leçon sur le Roi-Soleil. Content de voir que je m'intéressais à l'histoire il appela sa fille :

— Suzanne, sers-nous donc un sirop d'orgeat, après j'instruirai la jeunesse sur la plus grande gloire du quartier.

Je n'aimais pas trop le sirop d'orgeat mais je ne pouvais pas dire que je préférais l'eau sucrée à laquelle maman ajoutait quelques gouttes d'alcool de menthe. J'aurais d'ailleurs bu n'importe quoi pour connaître l'histoire de cet

André-Charles qui construisait dans le faubourg les meubles de Louis XIV.

— Le jeune Boulle, commença monsieur Laurent, habitait avec son père, un ébéniste de renom, rue de Montreuil. Je n'ai pu, hélas ! retrouver l'endroit exact de la maison mais je pense qu'elle se trouvait tout près de mon magasin. Il était doué comme pas un et, à vingt ans, connaissait tout du métier. Je t'ai déjà parlé du faubourg à l'époque de l'abbaye Saint-Antoine qui se trouvait à la place de l'hôpital actuel. Les abbesses étaient de grandes dames et protégeaient les gens du bois. Le quartier constituait déjà le lieu d'attraction des meilleurs ouvriers d'Europe qui n'arrivaient pas les mains vides mais apportaient avec leur habileté les idées qui germaient aussi dans les ateliers allemands, italiens ou hollandais. C'est ainsi qu'un ébéniste venu du Nord coltina dans sa besace les dessins du cabinet qui a fait les beaux jours de nos ateliers. Cette petite armoire élégante, avec ses tiroirs décorés, avait fasciné André-Charles qui, aussitôt, en avait dessiné dix, vingt modèles qui ressemblaient à des cathédrales. À vingt ans, il ne rêvait que d'inventer des meubles nouveaux, des bureaux qui paraissaient des arcs de triomphe, de renouveler l'art de la marqueterie en utilisant le cuivre, l'écaille ou l'ivoire…

Le père Laurent s'interrompit un instant pour ajuster ses bésicles et regarder si son récit m'intéressait. Rassuré, il continua :

« Un jour, André-Charles dit à Rosine, une voisine, amie d'enfance, venue le voir dans la chambre que son père lui avait donnée près de l'atelier : « Je crois que j'ai une idée un peu folle qui peut apporter dans le faubourg plus de changements que ne l'a fait le cabinet. » Rosine le rejoignit près de la grande planche posée sur des tréteaux et le regarda prendre une feuille blanche, la piquer sur sa table de travail et commencer à faire danser un morceau de fusain.

— Qu'est-ce que je dessine en ce moment ? demanda-t-il à son amie.

— Un coffre, je suppose.

— Bien, j'ai imaginé un coffre comme on en fabrique partout pour y ranger le linge, les vêtements, les pièces précieuses d'orfèvrerie et je ne sais quoi encore. Quand on a besoin de quelque chose qui se trouve dans le fond, on soulève le couvercle (il traça le couvercle relevé) et on sort tout (il crayonna des chemises voltigeant dans l'air). Tu es d'accord ? C'est bête, c'est long, ce n'est pas pratique !

— Oui mais...

— Eh bien, j'ai trouvé un moyen d'éviter ces inconvénients : je supprime tout simplement le couvercle.

— Je crois bien, en effet, que tu es fou !

— Je supprime le couvercle mais regarde ce que je fais.

André-Charles Boulle traça deux traits horizontaux qui partageaient le devant du coffre en trois.

— Voilà, c'est simple comme la belle planche de chêne ou la plaque de marbre que je fixe à la place du couvercle. Devant, j'ouvre trois tiroirs qui rendent le contenu du coffre accessible.

Il rit, reprit son fusain et devant Rosine éberluée agrémenta chaque tiroir de motifs sculptés. Il dessina encore les poignées, fit déborder le plateau supérieur et plaça dessus une soupière ventrue :

— Autre avantage, on peut poser des objets sur mon coffre. On peut aussi le décorer de marqueterie, arrondir les angles, imaginer de riches poignées en bronze.

Subjuguée, Rosine lui sauta au cou :

— André-Charles, tu es un génie. Ton meuble sera cent fois plus commode que le coffre de nos aïeux.

— Commode, tu as dit commode ? Eh bien, c'est d'accord, nous l'appellerons commode ! Et dès demain je me mets au travail. »

Monsieur Laurent en avait fini de son récit et réclama à Suzanne encore un peu de sirop. Je le remerciai, ramassai mon cartable et courus vers notre porte, pressé de raconter à maman la belle histoire du petit Boulle.

Tiens, la clé n'était pas sur la serrure ! Maman avait dû descendre faire une course. Mais je savais où la trouver : sous le paillasson. La confiance régnait chez les gens du bois. Je ne me rappelle pas avoir entendu parler au 249 d'un vol, d'un cambriolage, ni du moindre larcin durant les vingt années où j'y ai vécu. La clé sur la serrure ou sous le paillasson était une pratique qui se jouait de la maraude.

Le soir, lorsque mon père se fut installé dans son fauteuil, un élégant cabriolet Régence qu'il était le seul à utiliser, par prudence car ses deux bras finement chantournés s'avéraient fragiles, je lui demandais s'il savait depuis quand existait la commode et qui l'avait inventée. Eh bien, monsieur Laurent avait vu juste, le père l'ignorait ! J'obtins mon petit succès en mimant le jeune Boulle en train de dessiner ses tiroirs. Papa, en revanche, connaissait bien des choses sur André-Charles Boulle, notamment qu'il était collectionneur de tableaux et d'objets d'art, que nommé ébéniste du roi, il avait un atelier et un logement au Louvre. Enfin que vers la fin de sa vie un incendie avait détruit toutes les richesses rassemblées durant son existence. Ce qui représentait une fortune.

— Papa, dit René, tu es un peu comme Boulle. Tu es enfant du faubourg, tu es un habile sculpteur et tu es collectionneur.

Flatté, le père expliqua qu'à l'encontre de l'ébéniste royal il n'était pas riche et que les bricoles qu'il collectionnait ne valaient que l'intérêt qu'il leur portait. Mais cette estimation modeste lui rappela qu'il avait vu chez son brocanteur un très joli cartel en bronze ciselé :

— Il sera très bien dans notre chambre.

Maman leva alors les yeux au ciel et, résignée, dit que s'il ne sonnait pas tous les quarts d'heure, elle s'habituerait à son tic-tac.

*

* *

On parlait peu de politique à la maison. Le père s'y intéressait surtout au moment des élections, quand les panneaux placés devant les écoles se couvraient d'affiches et que des réunions publiques et contradictoires se déroulaient dans les préaux d'école. Les discours des candidats et les interpellations d'opposants, souvent féroces, l'amusaient et je me rappelle qu'il m'y emmena plusieurs fois, au grand dam de ma mère qui protestait que ce n'était pas un spectacle pour un enfant.

Un dimanche matin, avant d'aller fouiner chez les brocanteurs de la place d'Aligre, il me lança :

— Viens, je dois aller au café-tabac Le Charonne pour m'acquitter de mes cotisations au syndicat.

Je demandais ce que c'était que ce syndicat dont je n'avais jamais entendu parler. Le père m'expliqua que les ouvriers, ceux du bois en particulier, s'étaient battus au siècle passé pour gagner le droit de se réunir et de défendre leurs intérêts. Cela me paraissait bizarre et je questionnais à nouveau :

— Tu as des droits à défendre ?

— Moi non, je suis mon propre patron mais c'est une question de principe.

Va pour les principes !

J'en garde le souvenir du café-tabac de la rue de Charonne bruyant et enfumé, où mon père acheta à un monsieur à la lavallière rouge et aux yeux bleus, qu'il me présenta comme étant le secrétaire du syndicat, des timbres qui ne portaient pas l'effigie de la dame habituelle de la Poste mais deux mains qui se serraient. Papa les colla sur une carte sortie de son portefeuille et me dit :

— Tu vois, cette poignée de main est le symbole de la solidarité qui unit tous les travailleurs du monde.

Le secrétaire hocha la tête :

— Oui, Jean-Baptiste, l'union fait la force !

Et il ajouta néanmoins tristement :

— Les syndicats existaient pourtant en 14 et ils n'ont pas réussi à éviter la guerre !

*

* *

Le Journal qu'on lisait à la maison et qu'on appelait le « Journal-journal », pour le différencier des autres quotidiens comme *Le Matin* ou *Le Petit Parisien*, dont je déchiffrais les titres sans souvent les comprendre, attira un jour mon regard. De grosses lettres le barraient sur sa largeur : « Le président de la République tombe du train ! » Je sollicitai des explications au cours du déjeuner et le père, qui n'avait parlé que de cela toute la matinée avec les compagnons de chez Jansen, répondit :

— C'est stupéfiant mais la nouvelle est vraie.

À minuit, le 23 mai 1920, un individu qui marchait en pyjama et pieds nus le long de la voie ferrée, près de Montargis, raconta au cheminot qui s'étonnait de sa présence : « Mon ami, vous n'allez pas me croire : je suis le président de la République ! » C'était bien Paul Deschanel, élu quatre mois plus tôt. On murmura aussi, du même coup, dans les mois qui suivirent, qu'il avait été surpris en train de se baigner dans un bassin du parc du château de Rambouillet. La fantaisie ferroviaire du Président alimenta évidemment la conversation. René avait acheté *Paris-Midi* où l'ouvrier des Chemins de fer qui avait recueilli Deschanel déclarait : « En voyant ses pieds propres, j'ai vu qu'il s'agissait de quelqu'un haut placé ».

*

* *

Mon grand sujet de préoccupation restait l'automobile dont les modèles de toutes les couleurs défilaient comme à la parade sous ma fenêtre. Dans mon carnet figurait maintenant un répertoire des marques et j'arrivais à en reconnaître beaucoup. Ainsi des 40 CV Renault et des plus discrets coupés de ville 12 CV passaient dans un sens ou dans l'autre deux ou trois fois par jour. La De Dion-Bouton, renommée pour sa robustesse, selon André, apparaissait de plus en plus souvent dans la rue tandis que la 10 CV Citroën, dite « la voiture de tout le monde », ce qui était exagéré, prenait possession du pavé parisien. J'avais même recopié cette phrase lue dans le journal : « La première voiture française de grande série qui ne coûte que 12 500 francs ».

J'avais aussi trouvé aux puces d'Aligre un petit livre rouge que papa m'acheta pour deux sous : « Le guide Michelin, offert gracieusement aux chauffeurs ». Je l'avais précieusement rangé dans le placard réservé à mes trésors, objets variés qui allaient de mes livres et cahiers d'écolier aux thunes, pièces de cinq francs en argent que me donnaient mes tantes pour Noël, en passant par les jouets, plumes, calots de verre coloré, vis, pierres, images du cacao Suchard. La pièce maîtresse de mes richesses, soigneusement conservée dans sa boîte, était le stylo à plume rentrante que m'avait offert Albert Picard, le mari d'une cousine de ma mère. La plume était en or et on tournait le capuchon pour la faire sortir de son logement. Comme toute nouveauté mécanique, ce système ne se passait pas de vigilance. Contrevenant aux ordres paternels, j'avais ainsi taché sérieusement le tapis de table en essayant de recharger mon stylo à l'aide d'un compte-gouttes. Maman, qui avait eu beaucoup de mal à « ravoir » le tapis, m'avait confisqué la bouteille d'encre « bleu des mers du Sud » et contraint de laisser la plume magique au repos durant un mois. Comme si ma douce mère avait été capable d'être sévère aussi longtemps !

Le « guide Michelin », que je feuilletais avec volupté, datait de 1900. C'était le premier d'une série qui avait été interrompue par la guerre. Les premières lignes de l'avant-propos montraient bien les ambitions du fabricant de pneumatiques que les vélocipèdes avaient rendu célèbre :

« Le présent ouvrage a le désir de donner tous les renseignements qui peuvent être utiles à un chauffeur voyageant en France pour approvisionner son automobile, pour la réparer, pour lui permettre de se loger et de se nourrir, de correspondre par poste, télégraphe ou téléphone ».

Et moi, devant la carte des départements, je me mettais avec jubilation dans la peau d'un chauffeur, pilotant selon l'humeur une Peugeot achetée à l'usine d'Audincourt, dans le Doubs, ou la Delahaye à six places dont une publicité annonçait la récente victoire dans la course Nice-Magagnosc-Nice. Je découvrais avec étonnement qu'en 1900, les voitures automobiles existaient sur les routes de France. La « Columbia » électrique et ses « accumulateurs puissants » me laissaient perplexe, comme la liste des « outils et pièces de rechange qu'un chauffeur doit toujours emporter dans les coffres » de son véhicule. Une cinquantaine d'accessoires indispensables étaient notés, qui allaient de l'étau à main au goupillon pour les brûleurs en passant par un collier de frein à tambour et un jeu de clefs à douilles. J'en rêve encore !

5

Mademoiselle Esther

C'est à cette époque, je devais aller sur mes huit ans, que mes frères se hasardèrent à dire « le chef » en parlant de papa. Ils répétaient à tout bout de champ : « Le chef n'est pas encore rentré ? Laisse donc la place du chef ! Heureusement que le chef ne t'entend pas parler comme cela ! » Maman avait essayé d'expliquer que ces termes n'étaient en rien respectueux mais André avait répondu qu'au contraire l'appellation de « chef » incarnait la reconnaissance d'une autorité incontestée. Naturellement, je n'avais pas tardé à imiter mes aînés et c'est moi qui, un jour, spontanément, accueillis le père par un vigoureux « Bonsoir chef ! » André et René pouffèrent, maman ne put s'empêcher de sourire et je devins écarlate. Papa, au courant depuis longtemps, me prit dans ses bras et me dit :

— Toi, tu vas continuer à dire papa. Tu auras le droit de m'appeler « chef » lorsque tu auras dix ans.

Mais les plis du parler quotidien sont comme ceux de l'éventail, ils ne se laissent pas oublier. Jusqu'à son dernier jour, papa est donc resté « le chef » et lui qui n'aimait pas l'armée, ni les galons, ne s'en offusqua jamais.

*

* *

En même temps que sa famille et son métier, le « chef » avait retrouvé le cal qui s'était reformé au milieu de la paume droite, à l'endroit où le manche de l'outil subit l'impulsion du poignet. Il avait de belles mains, papa, douces comme celles de tous les sculpteurs. Parfois, il me faisait toucher ce durillon et en parlait comme d'un symbole :

— Tu vois, cet épaississement de la peau protège le sculpteur de la blessure et lui permet d'exercer son métier dans une parfaite communion entre son adresse et la matière.

C'était un peu compliqué mais je comprenais que le travail n'était pas pour lui une besogne ennuyeuse, qu'il éprouvait du plaisir à inciser le bois avec le tranchant de ses gouges afin de réaliser de belles choses. Un jour, je lui ai même demandé si Boulle avait aussi un durillon à la main. Je vis sur son visage que ma question lui plaisait.

— Mais oui, Boulle portait la marque des sculpteurs. Eût-il été seulement ébéniste ou menuisier, le cal aurait été plus haut, entre le pouce et l'index, là où portent la scie et le maillet.

*
* *

Le chef avait attendu tout ce temps avant de décider, un jour de 1920, qu'il allait reprendre ses habitudes d'avant-guerre à la bibliothèque.

— Un homme qui ne lit pas mène une vie d'estropié, professa-t-il. Demain soir, tu m'accompagneras. Tiens, je vais relire Balzac !

Et comme il ne faisait jamais les choses à moitié, il ajouta :

— Et je me trouverai un fauteuil Voltaire.

Ces déclarations déclenchèrent naturellement une foule de questions : « Qu'est-ce que c'est une bibliothèque ? Et un fauteuil Voltaire ? Et qui c'est ce Voltaire ? C'est un ébéniste ? »

Le lendemain soir, le dîner rapidement avalé car mes frères n'étaient pas à la maison, papa s'enquit de savoir si l'on avait conservé son livret de prêt. Une fois que maman l'eut retrouvé dans le tiroir du buffet, il le feuilleta :

— Le dernier livre que j'ai lu était *Les Chouans*, en juin 1914. Eh bien, je vais me remettre à Balzac, puis à Anatole France. Mets ton capuchon car il fait frais.

Sortir seul le soir, avec le père, constituait une fête. Je dégringolai les quatre étages et arrivai le premier devant la loge de la Suprin. « Tiens, dit papa en me rejoignant, la pipelette est déjà couchée. » Pipelette ? Un mot que nous n'employions jamais à la maison. Comme je m'étonnais, papa m'expliqua que Pipelet était le nom donné par l'écrivain Eugène Sue à un ménage de portiers dans *Les Mystères de Paris*. Qui aurait pu être la Suprin !

Au lieu de sortir par le faubourg nous prîmes à droite, dans la cour qui donnait sur un passage menant à la rue de Montreuil. Ce passage, je le connaissais bien puisque j'allais souvent chercher un demi-pain de quatre livres chez le boulanger installé non loin. Nous passâmes devant l'épicerie italienne Livoratti qui vendait de l'huile dans un grand fût de métal surmonté d'une pompe destinée à emplir les bouteilles. Maman y achetait aussi du jambon et des tranches d'une mortadelle dodue, rose comme un tablier de fille. Il venait de la porte grande ouverte une odeur de saumure et de fumés qui nous aurait donné faim si nous ne venions de sortir de table.

Tout de suite à gauche, c'était la rue Titon et, surmontée d'un drapeau, l'école de garçons qui abritait la bibliothèque municipale. À laquelle on accédait par une porte vitrée perdue au fond d'un couloir. J'attendis que papa ait tourné la poignée, pressé de voir à quoi ressemblait cette institution de la République qu'il révérait. Et ce fut un éblouissement. De cet instant date, je crois, la passion qui m'a conduit sur les chemins magiques des bibliothèques. Aucune autre, même la

Mazarine, la Nationale, la Vaticane ou celle du Congrès à Washington ne m'a paru aussi intimidante que la municipale de la rue Titon découverte à huit ans. Une pièce, une seule, celle-là, me parut vaste et sonore comme une cathédrale, cernée par des murs de livres si hauts qu'il fallait user de grands escaliers à roulettes pour y accéder. Deux femmes et deux hommes, perdus dans ces sommets, cherchaient avec application le volume relié de toile rouge qui allait leur apporter un bonheur que la vie peut-être leur refusait. Derrière un bureau, installé sur une estrade, officiait un monsieur au visage avenant et à l'habit étriqué. Mon père alla le saluer et ils se serrèrent chaleureusement la main :

— Monsieur Benoist ! Comme je suis heureux de vous revoir ! Je me faisais du souci, tant de nos lecteurs ne reviendront pas ! Mais sait-on jamais, je garde leurs fiches, il y en a vingt-trois, dont la vôtre…

Comme, de mon côté, j'étais occupé à pousser l'une des échelles de bois, au risque de la renverser, papa vint me chercher, l'œil sévère, me murmura qu'il ne voulait pas regretter de m'avoir emmené et qu'il allait me présenter au bibliothécaire qui n'était autre que le directeur de l'école. Monsieur Fabre connaissait la famille, mes frères ayant été en classe dans son établissement. Il demanda où j'avais appris à lire et se montra étonné en entendant que j'étais élève rue de Reuilly. Papa n'osa pas lui avouer que c'était parce que l'école était plus récente, plus aérée, plus claire que la sienne qui datait de Jules Ferry et dont les murs, à part ceux de la bibliothèque, suintaient l'ennui.

Mon père se rappelait où étaient classés les Balzac. Il choisit *Le Cousin Pons*, monsieur Fabre nota ce prêt sur le carnet et dans ses fiches. De Balzac à Balzac, c'était comme si la guerre n'avait pas existé. Mais monsieur le directeur proposa au père d'emporter un second ouvrage.

— Prenez donc *Colas Breugnon*, de Romain Rolland, que nous venons de recevoir.

En rentrant, je voulus savoir si je pourrais lire ce *Cousin Pons* dont le nom m'intriguait. Papa me répondit que j'étais encore trop jeune pour découvrir Balzac mais que, la prochaine fois, il me choisirait un livre, rien que pour moi. En attendant, je m'endormis en lisant *Pierrot*, un illustré pour les petits garçons auquel ma tante Alice m'avait abonné.

Tiens ! La tante Alice ! Elle avait été –cela, maintenant me saute aux yeux – un vrai personnage de Balzac, dans la lignée de Pierrette, de Modeste Mignon, d'Ursule Mirout. Cette sœur de maman restée vieille fille n'avait que nous, la pauvre. Papa l'aimait bien mais la trouvait trop présente. Elle est morte dans une salle d'hôpital et je pense aujourd'hui qu'on a été moche de ne pas aller voir plus souvent cette tante Alice qui nous aimait tant.

*

* *

Monsieur Laurent poursuivait, comme il disait, mon éducation de « petit Saint-Antoine » en m'entretenant une ou deux fois par semaine des curiosités ou des grands moments du quartier. Cela allait du don fait par madame de Beauvau-Craon, abbesse de Saint-Antoine-des-Champs, de quelques centaines d'acres pour construire une grande boucherie place d'Aligre, à Charles Crès, le plus génial des successeurs d'André-Charles Boulle. Le premier, il avait osé composer la marqueterie de ses meubles sans tenir compte des divisions de la façade en tiroirs et en vantaux. Les vieux ébénistes avaient été suffoqués de voir décapiter les personnages d'une scène en ouvrant un tiroir, puis tout le monde l'avait imité. Le soir de ce récit, monsieur Laurent sollicita la permission auprès de maman de me garder un moment afin d'écouter la belle histoire du bureau du roi qu'il venait de consigner dans son registre.

— André-Charles Boulle, commença-t-il, était mort depuis une vingtaine d'années et Charles-Joseph, le dernier de ses quatre fils, bénéficiait de la « survivance », par brevet du roi, ce qui lui permettait de continuer à exercer au Louvre. Malgré cet avantage, il ne devait pas être facile de porter le nom du plus célèbre ébéniste du siècle quand on était un artisan modeste. On n'en parlerait plus s'il n'avait sous-loué un petit appartement, au-dessus du sien, à un ouvrier venu d'Allemagne, un nommé Oeben, dont les dons commençaient à être reconnus du Louvre au faubourg Saint-Antoine qui continuait, dans l'éventail de ses rues, ruelles et impasses à vivre ses années fastes. Charles Crès était au sommet de son talent, unanimement reconnu comme le successeur de Boulle par ses pairs ; Antoine Gaudreaux, lui, un autre grand du faubourg, inventait la marqueterie en « bois de bout » ou en bois « de biais » qui permettait de tirer parti des courbes et des arabesques naturelles des veines du bois.

« Mais revenons à Jean-François Oeben, qui était ébéniste mais aussi sculpteur et serrurier. Sa clientèle se constituait d'une suite de noms illustres dont le duc de la Vallière, la duchesse de Brancas, le fermier général Grimod de la Reynière. À la mort du dernier Boulle, il avait été nommé ébéniste du roi et s'était vu attribuer un atelier à la manufacture de l'Arsenal où logeaient les meilleurs artistes du royaume. Marié à Marguerite Lacroix, une vraie fille du faubourg, Oeben était un homme heureux. Il le fut plus encore quand madame de Pompadour, qui l'avait depuis longtemps remarqué et le protégeait, lui passa la plus prestigieuse commande dont un ébéniste, fût-il le meilleur, puisse rêver :

« "Monsieur Oeben, lui dit-elle un jour où il était venu la conseiller pour la pose des boiseries de l'hôtel qu'elle aménageait faubourg Saint-

Honoré, vous m'avez inventé des meubles admirables, mais aujourd'hui je vous demande mieux : je vous charge de construire le bureau de Sa Majesté. Ce n'est pas un bureau ordinaire que je souhaite. Il doit symboliser le goût français puisque c'est autour de ce bureau que se décidera la politique du royaume et que le roi recevra les ambassadeurs et les plus hauts personnages. Il devra être grand sans paraître énorme, élégant sans être pompeux, décoré de bronzes comme vous savez les fondre et les ciseler mais ne pas crouler sous les ors. Bref, tout en ce meuble devra refléter la mesure, le sage équilibre qui font dans le monde la réputation de nos artistes."

« Oeben remercia comme il fallait et rentra se mettre au travail. Par chance, il avait engagé deux ans auparavant un compatriote, Jean-Henri Riesener, qui apportait d'Essen, sa ville natale, l'enthousiasme de son jeune génie. À eux deux, ils formaient la paire la plus habile, la plus inventive, la plus talentueuse du monde du bois. S'ils ne détrônaient pas les Crès, les Godreaux, les Cressent, les Migeon, ils en étaient devenus les égaux avant de s'imposer comme leurs successeurs.

« Le bureau du roi n'était pas commencé qu'il tenait déjà une place énorme dans l'atelier des Gobelins. Oeben chargea Riesener de s'occuper des fabrications en cours et se consacra uniquement à la commande royale. Il dressa des tables à dessin autour de son établi. De dizaines de plans et d'esquisses naquit le bâti de ce qui devait se transformer en meuble le plus célèbre du monde. “Tu vois, expliquait-il à son compère, je ne suis qu'une seule règle dans ce travail qui sera sans doute l'œuvre de ma vie : la perfection dans la simplicité.” Il choisit ainsi de s'en tenir à une marqueterie de motifs géométriques traitée en camaïeu dans des bois de biais et commença à s'occuper des bronzes dessinés au quart de ligne et livrés au fondeur puis à Hervieu, qui avait toujours ciselé ses motifs avec amour et conscience.

« Le meuble royal aurait été en bonne voie de finition si Oeben, têtu comme un bon Allemand, ne s'était pas juré d'inventer, pour la circonstance, un nouveau système de fermeture. Malgré ses efforts, il ne trouvait hélas pas le moyen qui permettrait au rideau de lamelles de bois de s'ouvrir et de se refermer convenablement. Le contrepoids du bureau se déréglait trop souvent et il ne voulait risquer l'affront de voir débarquer aux Gobelins un envoyé de Versailles venu lui expliquer que personne n'arrivait à ouvrir le coffre du bureau contenant le traité que devait signer le jour même l'ambassadeur d'Angleterre. »

J'étais passionné par ce récit quand, brusquement, monsieur Laurent s'arrêta pour essuyer ses lunettes et dit, après avoir regardé la pendule :

— Il se fait tard ! Nous reprendrons un autre jour l'histoire d'Oeben et de Riesener. Ce qui serait bien, c'est que ton père t'emmène avant au musée du Louvre voir ce fameux bureau.

*

* *

Maman m'écouta distraitement lui raconter avec fougue les malheurs du pauvre Oeben et refroidit mon excitation en me rappelant que, le lendemain, elle me conduirait chez le professeur de violon pour ma première leçon. C'était une lubie du père qui voulait que ses fils apprennent la musique. Comme le piano était exclu, faute de place où loger cet instrument encombrant, il avait jeté son dévolu sur le violon. Mes frères étaient passés par là mais la guerre avait interrompu leurs études musicales peu probantes. Moi, j'héritai du violon « un quart » de René, rangé depuis 1914 dans le débarras. Ces leçons, qui allaient me priver deux fois par semaine d'un « conte du faubourg » chez monsieur Laurent, ne m'enchantaient pas mais il fallait bien en passer par l'humeur musicale du chef. Et puis, c'était nouveau et tout ce qui était nouveau attisait ma curiosité.

Le lendemain, un jeudi, un peu avant quatre heures, je partis avec maman, l'étui noir en forme de petit cercueil à la main, vers la Nation. Mademoiselle Esther, le professeur, habitait une maison de briques grisâtre, l'une des plus récentes et des plus grandes du faubourg. Mais autant le 249 affichait une simplicité plaisante, autant le 269 suintait l'ennui et la tristesse. L'escalier était large, imposant comme le reste de l'immeuble, mais sombre. Au deuxième étage, une discrète plaque de cuivre indiquait : « Mlle Esther Lamour, professeur de musique ». J'étais curieux de voir à quoi ressemblait cette demoiselle. Je l'imaginais blonde, souriante, dans le genre de la fille dont la photo vantait, dans le journal, les mérites du dentifrice Gibbs.

Je fus déçu. Mlle Lamour avait au moins quarante ans et me parut très vieille avec ses cheveux gris tirés vers un chignon rabougri et sa robe à collerette qui couvrait un corps maigre et sans grâce. Surtout, il ne m'échappa pas que Mlle Esther ne sentait pas bon. Je cherchai quelle odeur connue exhalait sa personne et trouvai la réponse :

— Elle sent la Suprin ! murmurai-je à ma mère tandis qu'Esther s'était éloignée pour ouvrir un peu plus les rideaux en expliquant que « le soir tombe vite ! » alors qu'il était quatre heures et faisait grand jour.

C'était en fait la pièce, un salon aux sièges et aux doubles rideaux de velours verdâtre, qui était assombrie avant l'heure.

Elle se montrait pourtant gentille, Mlle Esther. Et si je n'ai pas gardé un souvenir précis de cette première leçon qui s'est bornée à la remise en état du violon dont les cordes n'avaient pas résisté à l'inaction, j'entends encore les grincements épouvantables qui accompagnèrent mes premiers coups d'archet, quand Mlle Esther m'eût mis le violon dans les mains, dégagé le menton, rectifié la position des pieds, relevé celle des avant-bras, allongé les doigts. Je n'ai pas oublié non plus que, pour m'aider à manœuvrer l'archet, elle s'était approchée de moi et ne sentait vraiment pas le muguet.

Les leçons ont duré six mois, le temps que les exercices répétés à la maison deviennent insupportables à tout le monde et que le chef se décide à dire, un jour où une suite de cordes doublées avait été particulièrement pénible :

— Jeanne, je ne suis pas sûr que le petit soit doué pour la musique. Nous pourrions peut-être mieux utiliser l'argent que nous versons chaque semaine à cette Mlle Esther dont j'ai entendu ton fils dire l'autre jour à ses frères qu'elle sentait la Suprin. Qu'en penses-tu Jeannot ?

Je ne pouvais qu'être d'accord. Comme le furent la famille, les voisins et même Mlle Esther qui dut reconnaître, lorsque nous allâmes la remercier, qu'elle avait renoncé depuis longtemps à croire que je ferais un jour des progrès.

*

* *

Et Oeben ? Il fallut tout une fin d'après-midi pour que monsieur Laurent finisse son histoire :

— Un jour, enfin, le maître put dire à sa femme Marguerite : « Je ne vais plus t'ennuyer longtemps avec le bureau du roi. Je pense avoir trouvé la fermeture idéale, compatible avec le plus beau meuble sorti de l'atelier de l'atelier des Gobelins. »

« Hélas ! La Destinée, contrepoids fatal, se joue des mécanismes humains. Le lendemain, au lieu de rejoindre triomphant son atelier, le géant Jean-François Oeben dut s'aliter, victime d'une attaque fulgurante de petite vérole. Il rendit l'âme entouré de sa femme, de ses quatre filles, de son jeune disciple Riesener et de Leleu, autre grand espoir de l'ébénisterie entré depuis peu dans l'atelier.

— Et le bureau de Louis XV ? demandai-je, plus intéressé par le fameux meuble que papa m'avait fait découvrir au musée que par les malheurs de madame Oeben.

— Eh bien, il est resté en plan durant plusieurs années, m'expliqua monsieur Laurent avant de reprendre sa lecture.

— L'héritage laissé par le maître couvrait à peine ses dettes et se bornait en fait à un petit bloc d'acier portant les lettres ciselées à l'envers de « J.F. Oeben ». Ce n'était pas rien : la veuve avait le droit de poursuivre la fabrication des meubles portant l'estampille de son mari. Elle demanda à Riesener de poursuivre l'œuvre de Jean-François, de continuer à « faire de l'Oeben pour nourrir la famille ». Le jeune Allemand se mit à l'ouvrage et la marque magique continua d'attirer les commandes.

« Riesener, cependant, refusa de toucher au bureau du roi : "Cette merveille appartient au maître, disait-il, et je ne me sens ni le droit ni le courage de le finir." Ce n'est que sur l'insistance de madame de Pompadour qu'il s'attaqua victorieusement, plus tard, au problème que le maître avait été si près de résoudre. Huit ans s'étaient écoulés quand il apposa sur la face postérieure du bureau le fer rougi au feu "J.F. Oeben". À la demande de Marguerite, il ajouta sa signature manuscrite et la date d'achèvement : "Riesener ft. 1769 à l'Arsenal de Paris". Entre-temps, Jean-François avait épousé Marguerite. »

Et moi, mes yeux étincelaient de plaisir en savourant ce récit.

6

Drame au deuxième gauche

Depuis un moment, j'essayais de persuader ma mère que je ne risquais rien en revenant de l'école avec mon copain Georges Meyer, qui devait lui aussi traverser la chaussée pour gagner sa maison au coin de la rue Faidherbe. L'installation d'un providentiel feu rouge au carrefour la décida finalement à donner le feu vert à mon émancipation qui, d'ailleurs, l'arrangeait. Moi, j'avais l'impression d'avoir franchi un formidable pas vers le monde des grands. Mon cartable sur les épaules, les mains dans les poches, marchant de conserve avec Meyer, je dépassais désormais en crânant ceux qui devaient encore tenir la main de leur mère sur le trottoir de cette rue de Reuilly qui, quatre fois par jour, devenait le boulevard des écoliers.

L'ordre était formel : je ne pouvais pas traîner en route. Mais comment ne pas s'arrêter un instant, au coin du faubourg, devant la vitrine du boulanger Blancher ? Il n'avait pas notre clientèle car son concurrent de la rue de Montreuil faisait un « pain polka » sans pareil, dont la croûte hérissée de losanges dorés était diablement savoureuse. Mais la boulangerie Blancher offrait d'autres tentations, en particulier une roue de flan cloqué de boursouflures à peine brûlées dont l'entame laissait voir une pâte crémeuse qui me donnait l'envie de pousser la porte afin d'acheter une part de ce délice à la fois ferme et élastique que j'aurais juste le temps de déguster dans les cent mètres qui me restaient à couvrir. Il était cependant rare que je puisse atteindre, faute de posséder les 50 centimes nécessaires, le nirvana du flan pâtissier qui, les vrais amateurs vous le diront, n'a rien à voir avec la crème aux œufs des mères de famille.

J'aimais bien cette fin de parcours que j'accomplissais seul, après avoir serré la main de mon copain Meyer. Je faisais un sourire au tripier qui guettait le client derrière la tête persillée de la vitrine. C'était, certains jours, une tête de veau, d'autres une tête de cochon. Seule ne changeait pas la face ronde et rouge de monsieur Besson. Je passais encore devant le « Magasin de Simone » d'où provenaient toutes les pelotes de laine qui servaient à tricoter les layettes et les gilets du quartier. Elle vendait aussi des patrons de chandails, de jupes, même de robes pour les aiguilles les plus expertes. On ne pouvait croiser entre le carrefour Faidherbe et la Nation quelqu'un qui n'ait pas sur lui quelque brin de laine de madame Simone.

Un peu plus loin, c'était l'arrêt obligé au 245, où mon ami Jô polissait en chantant ses plaques de marbre. Frazi le patron et Jô le compagnon s'avouaient contents parce qu'ils recommençaient à tailler des dessus de commode : « C'est tout de même plus agréable que de travailler pour les pompes funèbres », disait Jô.

Il y avait une dernière boutique, à l'enseigne de « Pralon coutellerie de luxe », devant laquelle je m'arrêtais. Monsieur Pralon, droit dans sa blouse grise, aiguisait tout ce qui coupe, mieux que le bonhomme trimballant sa meule en criant dans la cour « Couteaux, ciseaux, rasoirs ! » Madame Pralon, elle, tenait la caisse et composait des vitrines admirables où les couverts étincelaient près des soucoupes de métal argenté, des sucriers et des salières de porcelaine bleue. Un seul objet m'intéressait vraiment dans ce scintillement : il était frappé de la croix blanche helvétique et étiqueté « véritable couteau de l'armée suisse ». La patronne en avait déplié avec art les différents éléments. Lames diverses, ciseaux, lime, poinçon, tire-bouchon, ouvre-boîtes, tournevis… Dix outils, dont un tire-bouton et une vrille faisaient dans la vitrine un éventail du plus bel effet. Le coutelas rouge brique demeura longtemps pour moi un objet de convoitise. Un camarade de classe qui se vantait d'être boy-scout me jura qu'il possédait le même et que c'était un accessoire indispensable pour monter une tente, faire des feux de camp et se défendre contre les renards. J'appris bientôt qu'il n'était que louveteau et qu'il n'avait jamais possédé le couteau de mes rêves.

*

* *

Un jour à midi, en rentrant de l'école sans m'être attardé car il faisait froid, je remarquai un attroupement devant le 249. Je pris mes jambes à mon cou afin d'arriver plus vite et de savoir de quoi il s'agissait. Dans la cour, c'était l'affluence, comme les jours d'enterrement où tous les voisins descendaient pour saluer le corps du mort. Là, ce n'était pas le recueillement mais un brouhaha de gare. On s'interpellait. La Suprin s'adressait même sans animosité à la Dame aux chats, son ennemie du 247. Je cherchais quelqu'un qui pourrait me renseigner, madame Dubuis, la locataire du second qui travaillait à la poste de la rue Crozatier, par exemple. En allant vers elle, je découvris que la porte vitrée qui menait à la loge et à l'escalier était gardée par deux agents.

— Que se passe-t-il ? demandai-je.

Madame Dubuis, d'habitude si aimable, me répondit l'air ennuyé que cela n'intéressait pas les enfants.

Je voulus monter l'escalier mais cette fois ce furent les képis bleus qui me repoussèrent, comme s'il était anormal qu'un garçon de huit ans, bientôt neuf, veuille rentrer chez lui ! Heureusement, j'aperçus le père qui arrivait pour déjeuner. Il échangea quelques propos avec des voisins et me parut troublé en m'embrassant. Comme je demandais les raisons de ce branlebas, il me répondit qu'il m'expliquerait tout à la maison. Encore fallait-il que les agents nous laissent entrer. Mais papa n'aurait pas été le chef s'il n'avait été un homme de décision.

— Tu vas voir, dit-il, je vais parler à la maréchaussée !

Le père, c'était connu, avait un langage très particulier où il glissait des expressions démodées ou des mots qu'il inventait. Pour lui, la police était ainsi restée la maréchaussée.

— Messieurs les sergents de ville, commença-t-il d'une voix puissante, nous habitons le quatrième étage de cette honorable maison et mon garçon, qui est fort enrhumé, doit quitter cette cour humide pour se mettre au chaud et se faire soigner par sa mère, habilitée à la question puisqu'elle a été dame secouriste durant la guerre.

Les gens s'étaient tus pendant la péroraison du chef. Certains souriaient, d'autres se montraient impressionnés. Médusés, les sergents de ville nous laissèrent entrer.

C'est au deuxième que cela se passait. Le palier grouillait d'agents de police et d'infirmiers en blouses blanches. La double porte de madame Dustenchaut était grande ouverte mais je ne pus rien apercevoir. Le troisième étage, heureusement, constituait un bon poste d'observation. Il était déjà occupé par Suzanne Laurent, madame Cousin et la tante Marguerite. Maman était descendue voir, elle aussi, mais elle venait de rentrer, se rappelant, dit ma tante, qu'elle « avait un ragoût de mouton sur le feu ».

En une minute, bien que les femmes fissent mine de parler à mi-voix pour que je n'entende pas, je reconstituai les faits qui chamboulaient notre escalier. La dame à chapeau et à chichis du deuxième avait tiré sur son mari volage au cours de sa visite hebdomadaire et l'avait blessé à l'épaule. Le coup de feu ayant résonné violemment dans la cage, la Suprin était allée aussitôt casser la glace du poste d'alarme situé à deux pas de la maison. La Renault de la police suivie d'une ambulance, une Ford blanche, vestige de la guerre, avaient amené tous ces gens en train de s'affairer dans notre escalier.

Pour l'instant, cela bougeait au deuxième. Comme au cinéma, on vit deux infirmiers sortir en portant sur une civière le malheureux Dustenchaut dont on distinguait, à demi dissimulé par une couverture, le front pâle, presque blanc. La descente s'avérait difficile mais madame Cousin souligna, comme si c'était une révélation, qu'« ils » avaient l'habitude et que l'hôpital n'était pas loin.

— Il va mourir ? demandai-je.

Le père me répondit que s'il était seulement blessé à l'épaule, comme l'annonçait la rumeur, il s'en tirerait avec deux ou trois semaines à Saint-Antoine. Rassuré sur le sort de monsieur Dustenchaut, je m'enquis de celui de sa femme :

— Elle va aller en prison ?

La réponse surgit à l'instant même : serrée entre deux agents, sans son chapeau mais les cheveux en désordre, elle quittait en pleurant son beau deuxième. Je la plaignais en songeant qu'elle allait, elle, si fière, devoir traverser ainsi la cour remplie de curieux. Et puis, la porte se referma et l'escalier retrouva son calme.

En remontant, accompagné des effluves du ragoût de mouton de maman qui passaient la porte restée entrouverte, je pensai soudain au garçon triste, trop bien élevé pour jouer avec moi mais avec qui j'aurais sûrement pu m'entendre. Qu'allait-il devenir quand sa mère serait en prison ? Mlle Laurent qui n'avait rien perdu de l'événement me rassura :

— La police a fait prévenir sa grand-mère qui ira le chercher à l'école et le prendra avec elle.

Avant de pousser la porte, on entendit un bruit. Je retournai voir. La Suprin arrivait avec son seau et sa serpillière pour nettoyer le sang qui avait dû salir le parquet. J'entendis un policier l'enjoindre vertement de ne toucher à rien parce qu'on allait poser des scellés. Papa m'expliqua que c'était un fil placé en travers de la porte pour en interdire légalement l'accès.

— Ils doivent attendre le commissaire, ajouta-t-il.

Un commissaire ! Comme cela était excitant ! Je pensai à tout ce que j'aurais à raconter aux frères quand ils viendraient dîner.

*

* *

Chez mes grands frères, justement, il y avait du neuf. André avait finalement abandonné la sculpture et était entré comme vendeur dans le magasin d'un des plus vieux ébénistes d'art du faubourg, Rinck, qui faisait appel au père en cas de travaux de sculpture délicats.

— Le fils Rinck, troisième génération, entend rajeunir la maison créée en 1841, expliquait André qui se passionnait pour le style nouveau, l'« Art-Déco », où brillaient les grands Ruhlmann et Leleu au service d'une élite fortunée, mais servait, hélas ! de prétexte à une fabrication industrielle indigente et bon marché qui mettait papa en colère :

— Avec ces meubles faits de planches assemblées en étagères, en armoires standardisées, il n'y a plus de place pour la sculpture. Quand on pense, tout de même, à décorer une porte, on colle dessus un motif sculpté de triangles, de rectangles, et de carrés striés. C'est tout ce qu'on veut sauf de la sculpture. Ceux qui se prêtent à ce travail aux pièces, qui font du « canaque » pour gagner leur vie, sont à plaindre.

« Canaque », le mot couramment employé dans le faubourg était lâché. D'où venait-il ? Je l'ignore. Et si, plus tard, certains y virent une allusion malveillante à de lointains peuples de Nouvelle-Calédonie, je suis convaincu que dans le quartier, personne n'y songeait. Le racisme n'était pas, ici, répandu. Et j'ai même souvent pensé que ce mot, c'était le chef qui l'avait inventé.

René, lui, avait trouvé une occupation originale pour se distraire des boutons en corne ou en corozo qu'il vendait aux grandes maisons de prêt-à-porter. Il suivait les cours des Radios de la Seine, une société qui dispensait l'enseignement de la radioélectricité, la transmission des messages par l'utilisation de l'alphabet morse. Il apprit donc le morse en appuyant des soirées entières sur un manipulateur lançant dans le vide d'interminables séries de couinements qui simulaient les « points et les traits ».

L'affaire se gâta lorsque, ayant appris à changer la voix humaine en miaulements, il entreprit d'installer dans l'appartement ce qu'il appela une « station émettrice-réceptrice ». « Sous le contrôle et les conseils des Radios de la Seine », précisa-t-il pour nous rassurer. Le fait est qu'il relia, par des écheveaux de fils, des accumulateurs branchés dans l'entrée au poste proprement dit, une caisse remplie de lampes bizarres, de bobines, de petits appareils qui étaient, expliquait-il, des transformateurs ou des résistances. Je demandai à quoi elles résistaient mais n'obtins pas de réponse. Je m'attendais à ce que le père explosât un jour contre l'envahisseur et envoie d'un revers de main lampes et bobines dans l'espace mais le chef, s'il n'était pas moderne pour l'ameublement, s'intéressait aux progrès de la science et attendait, curieux comme nous tous, les premiers essais de l'encombrante installation.

Chaque soir, vers neuf heures, le frangin installait donc son usine, branchait le poste dont les lampes s'allumaient, mettait le casque et expédiait dans l'éther un message dont il voulut bien nous confier le texte. Lequel me parut navrant de banalité : « René Benoist, licence internationale 5892 A S, vous salue de Paris. Si vous captez ce message, où que vous soyez, répondez. Je serai à l'écoute à 9 heures 30 ». Tapé en morse, l'envoi demandait dix bonnes minutes. Après la troisième salve, René se branchait sur écoute et l'insoutenable attente commençait. Dans un silence religieux. Si je hasardais un timide « T'entends quelque chose ? », un geste agacé me faisait taire. Le jeu dura des soirées entières. Le chef commençait à s'impatienter et maman rappelait tous les jours que j'allais à l'école le lendemain. René, têtu, aurait bien continué durant des mois à tourner ses curseurs et à saluer l'univers mais, un soir, le chef lui donna encore trois jours, pas un de plus, pour réussir.

C'est alors que le miracle se manifesta par l'intermédiaire de l'antenne que mon frère avait installée sur le toit. À un moment où personne n'attendait plus rien, le visage de l'opérateur s'éclaira et René cria :

— J'ai quelque chose, j'ai quelque chose !

On sait que les miracles n'éternisent pas leurs interventions. Le nôtre ne dura qu'un instant. René, ému, dit ces simples mots qui me parurent mystérieux :

— C'était Katowice. On m'a capté à Katowice !

Au chef qui lui demandait ce qu'on lui avait dit à Katowice, il répondit qu'il n'avait compris que deux mots, « René Benoist ». Le reste était du baragouin.

— C'est bien, dit papa. Tu as de la volonté. Maintenant il faut savoir où est ce Katowice. Jean, va chercher le Larousse !

C'était mon travail d'aller chercher le dictionnaire lorsqu'il s'agissait de trouver le sens ou l'étymologie d'un mot. Le chef feuilleta le gros livre et annonça :

— C'est une province de la Pologne.

La Pologne, bon sang, c'est loin ! On s'écria, on admira. René lança encore plusieurs fois son signal dans les espaces infinis mais le monde ne répondit pas. Il ne discuta donc pas l'ordre du père de lever l'occupation hertzienne afin de rendre praticable le domaine familial. Katowice pourtant avait marqué et devint un usuel chez les Benoist. Il arriva même à papa de s'exclamer : « C'est du Katowice ! » pour désigner la pauvreté du nouveau mobilier.

Mon frère, s'il avait encombré nos soirées, n'avait pas perdu son temps. Son instruction de radio amateur lui permit peu après de devancer l'appel et de faire son service militaire à Tours, au 8e Génie spécialisé dans les transmissions. André, de son côté, était mobilisé dans l'armée d'occupation de la Ruhr. Les photos des fils, calot sur l'oreille, remplacèrent sur la cheminée celles du père en bourgeron d'aérostier.

*

* *

L'absence d'André et de René changea l'ambiance de la maison. Depuis ma naissance, les grands frères m'avaient toujours protégé. Aujourd'hui, ils me manquaient, leurs chaises vides à l'heure des repas me causant même une curieuse impression.

Avec deux bouches de moins à nourrir, maman pouvait me consacrer plus de temps. J'avais pourtant atteint l'âge où j'éprouvais le besoin de m'émanciper, de rester jouer dans la rue après l'école, d'explorer avec les copains les impasses où séchaient des tonnes de planches soigneusement empilées, les ruelles qui découpaient le quartier en tranches d'ateliers aux murs de plâtre fendillés. Du passage de la

Bonne-Graine à celui du Chantier en passant par l'impasse Montgalet, nous allions chercher le mystère. Pas trop longtemps car les permissions d'aventure m'étaient mesurées.

Thénot, mon camarade depuis la maternelle, m'avait laissé en troisième classe de la communale lorsque son père, le capitaine des pompiers, avait été muté à la caserne Champerret située à l'autre bout de Paris. Un nouvel ami avait pris sa place. C'était Jean Delavest, un prodige. Alors que Thénot étudiait à la cadence militaire imposée par son père, Delavest apprenait tout sans faire le moindre effort. Qu'il s'agisse du calcul, du français, de l'histoire ou de la géographie, il assimilait sur l'instant, finissait les phrases du maître dont il devançait la pensée. Rien, pourtant, dans sa vie, ne favorisait ces performances extraordinaires. Il habitait avec sa mère, veuve sans autre ressource que quelques heures de ménage, une petite chambre de pauvre rue de Chaligny. Madame Delavest ne vivait que pour ce fils dont tout le monde lui disait qu'il était prodigieusement intelligent. Tous deux étant nouveaux dans le quartier, Jean Delavest avait été placé dans une classe qui ne convenait ni à ses dons ni à son savoir. Le maître et le directeur de l'école s'en étaient d'ailleurs rendu compte. Ils avaient promis qu'ils lui feraient obtenir une bourse pour entrer au lycée afin, pourquoi pas, de préparer une grande école comme Normale Supérieure ou Polytechnique.

J'aimais bien mon ami Jean. Son sourire était un peu triste mais lui se montrait doux, fraternel, serviable. Souvent il montait chez moi m'aider à faire un problème, en m'expliquant et en s'assurant que j'avais bien compris. Maman, ces jours-là, mettait plus de beurre sur les tartines du goûter, davantage d'Ovomaltine dans le lait et sortait le pot de confiture. Elle lui avait demandé plusieurs fois si sa mère pouvait venir faire quelques heures de repassage à la maison, mais madame Delavest refusait. Jean me confia un jour qu'elle était trop fière pour travailler chez les parents d'un ami de son fils.

C'est avec lui que j'entrepris ma reconnaissance des voies secrètes du faubourg. Je ne sais comment il faisait mais il en connaissait un bon nombre et pouvait m'en relater l'histoire.

Un jeudi, il m'a ainsi emmené rue de Charenton à l'hospice des Quinze-Vingt.

— Avant d'être un hôpital pour les aveugles et les malvoyants, me dit-il, ces vénérables murs ont abrité durant les trois premiers quarts du XVIIe siècle la caserne des mousquetaires noirs de la garde de la reine. Tu n'as pas lu *Les Trois Mousquetaires* ? C'est le chef-d'œuvre d'Alexandre Dumas, je le connais par cœur. Tiens prends-le, je te le donne.

Il sortit le livre de sa poche et me le tendit. Aucun cadeau ne m'a autant touché.

Après, nous sommes allés rue Picpus. Au numéro 35, Delavest dut user de son charme pour nous faire ouvrir la discrète porte d'un couvent. L'heure des visites était passée mais le concierge nous laissa aller jusqu'au bout du jardin. Là, une grille rouillée entrouverte donnait sur un cimetière.

— Ici, près de la tombe de Lafayette, raconta-t-il, reposent les mille trois cents guillotinés en 1794 place du Trône, alors rebaptisée place du Trône renversé.

Mon ami Jean se recueillit un instant et ajouta :

— André Chénier était du nombre.

Il se mit alors à réciter :

Comme un dernier rayon, comme un dernier
[zéphyr
Animent la fin d'un beau jour,
Au pied de l'échafaud j'essaye encor ma lyre.
Peut-être est-ce bientôt mon tour...

Ensuite nous rentrâmes, sans beaucoup parler. Au coin de la rue de Reuilly et du faubourg, nous nous quittâmes. Je dis « À demain » mais Jean paraissait ailleurs. Il ne répondit pas et je le suivis des yeux jusqu'à ce qu'il passât la porte de sa maison, la plus grise de la rue.

Maman me gronda parce que je rentrais tard. Je me fis pardonner en lui racontant notre équipée. N'étant pas née pour rien rue Paul-Bert, elle connaissait les moindres ruelles et les passages du faubourg et m'apprit beaucoup ce soir-là sur notre quartier.

— Regarde, m'exclamai-je, Jean Delavest m'a offert un livre, *Les Trois Mousquetaires*. Il m'a dit qu'il le connaissait par cœur.

Maman m'attira vers elle, m'embrassa et me confia :

— Jean est un être exceptionnel. Il est à peine plus âgé que toi et il en sait plus que bien des hommes instruits. Tu as beaucoup de chance d'avoir un tel ami. Mérite-le !

*

* *

Le lendemain matin, je ne vis pas Delavest dans la cour où les élèves attendaient la sonnerie annonçant la mise en rangs et l'accession aux classes. Son pupitre, à côté du mien, resta vide.

— Peut-être est-il malade, répondis-je au maître qui s'étonnait. Je passerai chez lui tout à l'heure.

Un peu avant onze heures, la classe de sciences naturelles se déroulait normalement – c'est-à-dire qu'elle somnolait puisque les spores des fougères que monsieur Costes, l'instituteur de la troisième, dessinait avec application au tableau, ne passionnaient personne – quand soudain monsieur Guyot, le directeur, poussa la porte et fit signe au professeur de sortir. D'ordinaire souriant entre sa barbe en pointe et son trait de moustache, le directeur semblait cette fois bouleversé. À peine entrevu, le tremblement de ses lèvres ne m'avait pas échappé. Monsieur Costes était sorti en hâte, sans prendre le temps de désigner un élève sérieux pour surveiller la classe, mais nous restions sages, conscients qu'il se passait quelque chose d'inattendu, de grave peut-être. Quelques minutes plus tard, le maître revint en compagnie du directeur. Ce dernier prit la parole d'une voix blanche, lui qui, d'habitude, parlait haut et fort :

— Mes chers enfants, j'ai une nouvelle très triste à vous annoncer. Vous ne reverrez plus votre camarade Delavest. Un agent de police vient de m'informer que, ce matin, on l'a retrouvé mort.

Un silence effrayant accueillit la nouvelle. C'est moi qui le rompis en éclatant en sanglots et en bégayant :

— Ce n'est pas possible, nous nous sommes promenés hier tout l'après-midi !

Pour la première fois je ressentis cette douleur qui vous broie la poitrine à l'annonce de la perte d'un être aimé. La classe était choquée, désemparée, mais j'étais le plus touché. Jean se livrait peu et j'étais l'un des rares, sinon le seul, avec qui il entretenait des relations amicales.

— La classe est finie pour ce matin, dit monsieur Guyot. Allez attendre dans la cour l'heure de rentrer chez vous.

Je fus le seul à rester, la tête dans mes bras repliés, à pleurer mon ami Jean. Dès la sortie, je courus aussi vite que je le pus jusqu'à sa maison. Et j'arrivai juste pour voir, derrière un attroupement, des hommes noirs glisser une civière dans une Renault de la police. Je me suis alors approché et j'ai saisi au vol des paroles insensées. Le mari de la concierge, qui traînait sur le trottoir son balai et son émotion, me mit au courant :

— Je sais que tu étais son ami. Moi aussi je l'aimais bien le petit Jean. Et sa pauvre mère qui ne sait rien encore ! La police cherche chez qui elle est partie travailler. Pour la prévenir.

— Mais comment est-il mort ? demandai-je.

L'homme sembla hésiter puis me répondit :

— Peu de gens sont au courant mais je peux te le dire : un voisin a retrouvé ce matin Jean Delavest pendu à une poutre du couloir !

Ce fut comme si on m'annonçait la deuxième mort de mon ami. De nouveau je ressentis la douleur poignante et me mis à trembler.

— Hé, petit ! Ne va pas tomber ! s'inquiéta le concierge en me soutenant.

Je relevai la tête et n'eus plus qu'une hâte : rentrer à la maison pour me jeter dans les bras de maman.

7

Beaux jours à La Varenne

Léontine, une cousine de maman, avait « fait un beau mariage », comme on disait dans la famille : elle avait épousé voilà dix ans un monsieur distingué ayant une belle situation au crédit municipal, le mont-de-piété couramment appelé « ma tante ». Aujourd'hui, Paul était caissier principal de cette vénérable institution de crédit sur gages qui permettait à d'honnêtes Parisiens de finir le mois en mettant leur montre au « clou », autre surnom de l'établissement.

Cousin et cousine Picard étaient, de loin, les plus fortunés de la famille. Ils habitaient un grand appartement avenue de la République, dans un immeuble en pierre de taille avec tapis dans l'escalier et appliques électriques sur les paliers. Ce couple aurait eu tout pour mener une vie bourgeoise agréable si la malheureuse tante Léontine n'avait été, cinq ans après son mariage, victime d'une attaque de poliomyélite qui l'avait laissée paralysée des deux jambes. Le cousin

Paul s'était montré admirable : il l'avait soignée avec amour et continuait à veiller sur celle qui vivait dorénavant dans une voiture d'infirme. Il lui restait un beau visage très doux et de magnifiques cheveux noirs que le coiffeur du quartier venait peigner plusieurs fois la semaine.

Souvent, j'accompagnais les parents avenue de la République, où je m'ennuyais beaucoup. J'ai le souvenir d'un salon dans lequel trônait l'immense pavillon de cuivre d'un phonographe qui faisait la fierté de son propriétaire. Dernier modèle de la marque Gramophone, le cousin Paul en vantait la sonorité, « meilleure, disait-il, que celle de la salle Gaveau ». J'aurais rêvé qu'il nous passe un disque de Milton ou de Bach et Laverne, mais monsieur le caissier principal connaissait seulement les symphonies et les opéras dont il nous montrait avec fierté les disques bien classés sur les rayons d'un meuble que le père lui avait fait fabriquer spécialement. Après, il choisissait un titre, souvent le *Boléro* de Ravel, afin que nous jugions de la perfection de l'enregistrement. La grande musique, c'était son refuge ; le cousin Paul écoutait même Beethoven, le soir, après avoir couché Léontine !

*

* *

Pour mon bonheur, il se découvrit une autre passion qui, celle-là, rejoignait mes prédilections. Il nous annonça en effet lors d'une visite qu'il venait de prendre livraison d'une Citroën 10 CV, type À neuve – nous étions en 1922 –, et qu'il serait heureux de nous emmener un dimanche jusqu'à Fontainebleau.

— La chère Léontine, hélas ! ne pourra pas nous accompagner, ajouta-t-il, mais je suis sûr que le petit Jean sera content de rouler en Citroën. C'est une voiture épatante !

Tu parles si « le petit Jean » était heureux de partager avec le cousin sa ferveur pour l'automobile ! Il en avait vu passer des 10 CV du haut de son quatrième depuis que les premières berlines avaient fait leur apparition. Même qu'il avait relevé, au long des mois, les perfectionnements successifs ! Je me rappelle en tout cas avoir estomaqué le cousin en lui demandant si sa 10 CV avait des soupapes latérales et était refroidie par thermosiphon. Il m'a répondu qu'il n'en savait rien et alla chercher le « dossier du conducteur » qui contenait les descriptions détaillées de toutes les pièces et les conseils d'utilisation de sa Citroën. Nous avons alors laissé les parents boire leur tasse de thé avec Léontine et nous sommes retirés dans un coin du salon pour parler de la Type A entre connaisseurs. Rien n'avait échappé à ma lecture des journaux et magazines qui parlaient de la prodigieuse voiture. Quand nous sommes rentrés au faubourg, tard dans l'après-midi, maman m'a dit en riant :

— Ce que vous pouviez être drôles tous les deux ! On avait l'impression que Paul était le gamin et toi le monsieur sérieux qui savait tout et lui expliquait comment marchait son jouet.

*
* *

Il n'y avait plus qu'à attendre le dimanche en quinze, date retenue pour l'escapade à Fontainebleau. Le temps me parut donc bien long en classe où Duthil, un rouquin qui voulait à tout prix devenir mon ami et m'agaçait par ses prévenances, occupait la place de Jean. Comme s'il était imaginable de remplacer Delavest ! C'est sur le trajet qui menait à l'école, le long de cette rue de Reuilly dont nous connaissions chaque morceau de bitume et chaque pavé, que l'absence de mon ami m'affectait le plus. J'avais demandé à maman si elle pensait que je devais rendre visite à madame Delavest, mais elle m'avait répondu qu'il était encore trop tôt et que ma rencontre risquait de raviver sa douleur. La question ne se posa d'ailleurs pas longtemps. On apprit un jour que la malheureuse femme avait quitté sa pauvre chambre pour aller vivre chez une tante du côté de Meaux.

Le père n'avait pas abandonné ses visites aux brocanteurs et, les dimanches matin, nous allions encore fouiner place d'Aligre. J'avais grandi et pouvais maintenant participer activement aux recherches. Quand un objet me paraissait intéressant, je le signalais au chef qui décidait de le marchander ou de le laisser dans son capharnaüm. Mais un jour, je découvris sous un amas de vieux rouleaux de papier peint un petit tableau poussiéreux dont le motif disparaissait à moitié sous la crasse. Mon attention avait été attirée parce qu'il représentait des mousquetaires attablés devant une auberge. Je venais de lire Dumas et me rappelais l'une de mes dernières promenades avec Jean qui m'avait montré dans une cour du faubourg un pavé plus grand et plus haut que les autres. « Les mousquetaires noirs qui cantonnaient dans la maison jouaient aux dés sur cette dalle, m'avait-il dit. Enfin, on n'est sûr de rien, c'est peut-être une légende. »

Papa n'était pas emballé, mais je fus convaincant : il acheta les mousquetaires pour quelques pièces et je rentrai à la maison mon « œuvre » sous le bras. Le tableau n'était pas énorme, à peine plus grand que le bel album, rouge et or, *Les Fables de La Fontaine,* que j'avais reçu en prix et qui se trouve toujours dans ma bibliothèque. Je n'ai pu résister, en écrivant ce chapitre, à le feuilleter pour relire la fiche restée sous la couverture jadis remplie par monsieur Gagnepain d'une écriture comme on n'en voit plus : « Prix d'excellence décerné à l'élève Jean Benoist ». C'était ma première année à la grande école et un monsieur barbu, membre de je ne sais quel conseil, me l'avait remis. J'avais peur qu'il ne m'embrasse mais il s'était contenté, heureusement, de me féliciter.

Le père et moi nous penchâmes sur notre achat. Il ne s'agissait pas d'une toile mais d'un panneau de bois. Le motif transparaissait à peine sous la saleté qui cachait presque complètement les personnages. On ne distinguait nettement que des bottes aux tiges évasées et des épées posées sur la table, à côté de verres et de bouteilles.

— C'est un vieux tableau. Crois-tu, papa, qu'il a été peint au temps des mousquetaires ? demandai-je.

— La seule chose dont on peut être sûr, c'est que son encrassement ne date pas d'hier. Cet après-midi, nous le nettoierons.

— Tu sais nettoyer un tableau ?

— Oui. J'ai vu les spécialistes faire cela chez Jansen. Mais les œuvres n'étaient pas aussi sales.

— Avec quoi nettoie-t-on un tableau ?

— Le plus simplement du monde. Avec de l'eau et du savon de Marseille. Maintenant nous allons déjeuner, je crois que ta mère est prête. Sens-tu la bonne odeur qui vient de la cuisine ?

Maman apportait le plat fumant et papa s'écria :

— Je le savais : c'est un « pique à terre » !

Le père ne disait jamais « poulet » mais « pique à terre », un de ces mots qu'il avait inventés un jour et qu'il avait gardé dans son glossaire en voyant qu'il plaisait à l'entourage. À son frère Lucien, un tourneur sur bois renommé dans le faubourg et qui s'étonnait, un jour où il déjeunait à la maison, de cette appellation, il répondit dans un discours inspiré qu'il préférait le terme « pique à terre », pastoral et descriptif d'un mouvement perpétuel, au mot banal de « poulet » lié à des locutions affectives et triviales.

Nous nous régalâmes et, en mangeant mon morceau de blanc couvert de sauce, je demandais comment il fallait écrire « pique à terre ». Papa réfléchit une seconde et trancha :

— Je ne vois pas qui aurait l'idée d'écrire ce mot fait pour être articulé en humant le fumet d'une volaille dodue et dorée. Toutefois, si j'y étais amené, suite à un aléa épistolaire, je crois que je choisirais « picatère » afin de plonger un peu plus mon correspondant dans la perplexité !

Sitôt la table débarrassée, je suppliai mon père, qui avait plutôt envie de se plonger dans le nouveau livre qu'il venait de commencer, *Les Opinions de Jérôme Coignard* d'Anatole France, d'entamer la toilette de « mes » mousquetaires. Ce travail dégoûtant, qui ne pouvait s'exécuter qu'au grand jour, près de la fenêtre, nécessita la protection de la toile cirée par de vieux journaux. L'opération mit maman de mauvaise humeur, elle qui, après le déjeuner, ne pensait qu'à faire tranquillement ses mots croisés. La poussière enlevée au plumeau et au chiffon, il restait encore à ôter la crasse déposée durant peut-être des siècles sur le bois. Une tâche à la fois très délicate et fort troublante.

— Abîmer complètement le panneau ou révéler un chef-d'œuvre, voilà ce qui nous attend, annonça le père du ton déclamatoire propre aux grandes circonstances. Certains prônent le tamponnage d'une pomme de terre crue mais notre panneau est trop sale. Nous emploierons donc une méthode plus efficace.

Avec un coton légèrement enduit de savon, papa commença, dans le coin gauche, à frotter doucement la peinture. Le tampon fut vite noir et il fallut le changer, rincer soigneusement le support et continuer patiemment à faire triompher la lumière. Centimètre après centimètre, on vit se dégager un coin de ciel, puis un nuage, ensuite la branche feuillue d'un arbre.

— Cela n'a pas l'air mal ! dit alors papa, qui ajouta : Tu as, je crois, eu la main heureuse. Tu ne vois pas que tu aies déniché l'œuvre d'un grand artiste ?

— On serait riche, alors ?

— Ne t'emballe pas ! Il arrive qu'un chef-d'œuvre inconnu soit ainsi découvert, mais c'est rare.

À cinq heures, c'était fini. Mes quatre mousquetaires trinquaient sous la tonnelle. Ils avaient fière allure et le chef affirma :

— Je ne sais pas de qui il est, mais c'est un beau tableau. Tiens, choisis l'endroit où tu veux l'accrocher.

*
*   *

Les souvenirs d'enfance ne sont pas classés comme les pages d'un agenda. Le personnage qui nous y représente est si différent de nous-mêmes qu'il nous surprend par les traces brouillées, les retours en arrière, les instantanés qu'il laisse dans la mémoire. Ainsi La Varenne, qui a tenu tant de place chez nous, ne revient que maintenant sous ma plume. La Varenne, c'est une petite maison que papa avait fait construire sur une sous-commune de Saint-Maur portant ce nom sur les cartes et les horaires des chemins de fer. Il fallait qu'il ait les mains d'or, le chef, pour pouvoir offrir une maison de campagne à la famille d'un sculpteur sur bois du faubourg Saint-Antoine !

La Varenne évoque d'abord pour moi un tramway qui allait de la Porte de Vincennes à Champigny. Nous y partions aux beaux jours le samedi après l'école, sans mon père qui arrivait lorsqu'il avait fini de sculpter chez Jansen une bergère Louis XV destinée à remeubler une salle restaurée du château de Versailles. C'était un vieux wagon grinçant dont le trolley sautait à chaque tournant en lançant des gerbes d'étincelles. « Un truc anglais », m'apprit René. D'où le nom donné au conducteur, le « wattman », qui descendait, avec le contrôleur des billets, remettre la perche à sa place.

Le « tram » était une sorte de wagon avec une allée centrale et deux longues banquettes de bois face à face. Je me rappelle surtout les retours, le dimanche soir. Je m'endormais sur l'épaule de maman, enivré par le parfum des bouquets de lilas que les Parisiens-campagnards rapportaient, comme nous, de leur jardin. J'enviais mes frères qui restaient debout, parce qu'il n'y avait pas de places assises pour tout le monde, et suivaient la manœuvre à côté du conducteur, campé devant ses manettes. Porte de Vincennes, nous changions pour monter dans un autre tramway, moderne celui-là, qui nous déposait au carrefour Reuilly-Chaligny, à deux pas de chez nous. En vérité, ces fins de semaine épuisaient ma mère qui devait vider et emplir de lourds sacs de provisions et de linge. Elle serait volontiers restée à Paris mais le chef tenait, à partir de Pâques, à aller cultiver son jardin et à pêcher le gardon.

La Marne, alors longue rivière tranquille, faisant une gracieuse boucle à cent mètres de la maison, papa avait réalisé le second rêve de sa vie : posséder un bateau. Couché tard le samedi, il se levait à l'aube, le dimanche, pour partir à la pêche et passer quatre heures « sur son coup », marqué par deux grandes perches plantées au fond de l'eau auxquelles il amarrait sa barque. Vers neuf heures, nous allions, mes frères et moi, voir si cela « avait donné ». En général, la pêche se bornait à trois ou quatre gardons et une ou deux brèmes. Les bons jours, il y avait une friture d'ablettes dans la bourriche que brandissait le père en nous apercevant. Nous en profitions pour faire une promenade jusqu'à l'une des deux petites îles voisines qui agrémentaient le bras de la rivière, l'« île d'Amour » et « Pisse-Vinaigre ». L'origine de ce dernier nom, qui nous faisait pouffer de rire, m'est aujourd'hui encore mystérieuse.

Si mes frères avaient le droit de ramer cinq minutes chacun, moi, qui ne savais pas nager, je devais rester tranquille en face du père qui ne me quittait pas des yeux. Heureux, nous rentrions à la maison, André et René une rame sur l'épaule, moi l'épuisette à la main, emportée pour le cas où une grosse perche ou un barbillon géant aurait mordu à l'hameçon paternel. À vrai dire, je ne me rappelle pas qu'elle ait servi !

Nous arrivions avec notre attirail rue Roger, où se situait la villa. Poétiquement, les rues du quartier se distinguaient par un prénom. La nôtre, guère longue, ne comportait que cinq ou six pavillons un peu plus cossus que notre maison qui avait pourtant l'avantage, aux yeux du père, de n'être pas bâtie en meulières. Il disait en effet que ces pierres, trouées comme des éponges, « faisaient banlieue ». Je n'avais pas connu la période héroïque de la construction sur un terrain où paissaient encore des vaches, mais il paraît que papa avait mené la vie dure aux maçons. Il avait dessiné lui-même tous les détails, exigé une certaine épaisseur de crépi, sculpté la pierre des linteaux, matière qu'il maîtrisait moins bien que le bois mais qui décora joliment la façade de guirlandes d'anges à la Boucher. Ma mère me racontait ces péripéties quand nous étions assis tous les deux sur le banc du jardin, en face des corbeilles dont le chef était plus fier que du grand secrétaire, copie minutieuse de Boulle, qu'il venait de terminer pour le bey de Tunis.

— Tu vois, me disait-elle, son rêve était de bâtir à La Varenne un petit Versailles. Il n'en a naturellement pas les moyens mais il miniaturise ses envies, comme la corbeille de buis et ses arabesques qui épousent les bordures d'un bosquet du Roi-Soleil.

La famille n'était pas demeurée longtemps isolée. La construction était à peine achevée que mon oncle Leblond, mari de Lucie, la sœur de mon père, achetait le terrain voisin et faisait construire une maison un peu moins grande que la nôtre mais qui lui ressemblait beaucoup. Il n'était évidemment pas question de séparer les deux propriétés par un mur ou un grillage. Guiguite, la fille des Leblond, avait l'âge de mes frères et les familles, si elles se séparaient à l'heure des repas, vivaient le plus souvent ensemble. Ce fut le début d'une sorte de phalanstère. Une autre sœur de mon père et son mari, Justin Thirion, puis les Badin, nos voisins de dessus à Paris, s'installèrent bientôt de l'autre côté de la rue. Je bénéficiais bien sûr du droit de passage sur tout ce territoire et profitais au mieux des gentillesses de mes tantes.

*

* *

Papa, par l'entremise de Jansen, travaillait souvent pour les musées, qu'il s'agisse de compléter le mobilier d'une salle historique ou de restaurer des fauteuils, des meubles aux estampilles prestigieuses que le temps avait endommagés. Ces travaux se faisaient généralement à l'atelier mais, un jour, pour remettre en état les appartements du Dauphin dont les boiseries avaient beaucoup souffert, Jansen dépêcha plusieurs jours durant une équipe de spécialistes à Versailles. Le père partait avec quelques collègues chaque matin à bord d'une camionnette de la société et rentrait, le soir, émerveillé, fier d'œuvrer à la conservation du fabuleux palais. Un jour, il annonça qu'il emporterait le lendemain les mousquetaires.

— Il y a, en ce moment à Versailles, des restaurateurs de tableaux qui travaillent dans la galerie des Batailles. Je leur ai parlé de notre achat et ils m'ont proposé de l'examiner. Nous saurons peut-être demain si nos mousquetaires cachent de l'or dans leurs bottes !

J'attendis naturellement avec impatience le retour du père. Je demandai dix fois l'heure à maman, qui me rétorqua justement que je n'avais qu'à regarder la pendule. Cette histoire de tableau lui paraissant chimérique, elle me pria, pour passer le temps, de venir l'aider à trier les lentilles de Puy qui, à l'époque, se vendaient avec leur poids de pierres volcaniques. Enfin, sur le coup de huit heures, on entendit la clé tourner dans la serrure. Le chef apparut, tenant sous le bras le paquet du mirage. J'essayais de lire dans ses yeux mais ils ne me révélèrent pas la moindre indication. Il me fallut attendre qu'il se soit défait de son manteau, qu'il nous ait embrassés, pour l'entendre dire calmement, comme s'il s'agissait d'une chose anodine :

— Eh bien, les mousquetaires de Jean ont été peints par un maître !

Je demandai bêtement si l'artiste était un instituteur, ce qui me fit traiter d'ignorant, et papa continua :

— D'après les gens de Versailles – un conservateur s'est même penché dessus avec une loupe –, le tableau de la place d'Aligre pourrait être l'œuvre d'un des frères Le Nain qui peignaient au XVIIe siècle. Si cela était confirmé, il pourrait valoir quelque chose !

Je manifestai bruyamment ma joie. Maman, se méfiant par principe des trop bonnes nouvelles, haussa les épaules tandis que le père et moi, nous nous mîmes à regarder le panneau d'un autre œil. Pour moi, d'Artagnan, Porthos, Athos et Aramis avaient chacun, depuis longtemps, les traits d'un personnage du tableau. Je les nommai à mon père qui me regarda attendri et annonça :

— Après dîner, nous irons à la bibliothèque Forney voir ce qu'il en est de ces frères Le Nain.

Papa vouait un intérêt particulier à la bibliothèque Forney, centre de documentation des artistes et des artisans. Il s'y rendait chaque fois qu'il désirait retrouver un modèle de meuble ou satisfaire une curiosité éveillée par ses lectures ou son travail. On annonçait depuis des années le transfert de ce conservatoire de l'artisanat à l'hôtel de Sens, près de l'Hôtel de Ville, mais son adresse était toujours rue Titon, à côté de la bibliothèque municipale. La petite rue Titon était un haut lieu de l'histoire du faubourg, papa me le rappelait chaque fois que nous l'empruntions. Il m'expliqua en entrant dans la bibliothèque :

— Ici se trouvait avant la Révolution la « Folie Titon ». Demande donc à ton ami, Laurent, de te raconter.

Le bibliothécaire indiqua au père l'endroit où étaient rangés les livres sur la peinture et nous trouvâmes sans trop de difficulté plusieurs albums évoquant la famille Le Nain. Installés sur la table qui occupait tout le milieu de la salle, nous découvrîmes que les trois frères étaient établis dans le pays de Laon, que leur notoriété avait été grande en leur temps et que, reconnus aujourd'hui comme des maîtres importants, ils étaient représentés dans les grands musées, au même titre que Georges de La Tour, leur contemporain. Nous apprîmes encore que les Le Nain étaient trois, tous peintres, souvent en train de travailler les mêmes tableaux. Quand ils signaient, ce n'était pas toujours le cas, c'était de leur seul nom de famille, ce qui rendait difficile une imputation personnelle. À l'exception de quelques grands portraits attribués à Antoine, l'aîné, les œuvres des Le Nain étaient en général de format réduit.

— Tu vois, me dit papa, nos mousquetaires ne sont pas une exception.

Et il me montra une reproduction, hélas en noir et blanc ! d'un tableau à peine plus grand que le nôtre qui s'intitulait *Intérieur paysan* et appartenait à un musée américain. On y retrouvait, en y mettant de la bonne volonté, les petites touches de peinture crémeuse qui rehaussaient les tenues des mousquetaires et l'habit de l'aubergiste. Nous feuilletâmes encore un ouvrage intéressant écrit par un Anglais qui citait les tableaux connus des trois peintres du Nord, tels *La Charrette, Paysage avec une vieille dame, Le Joueur de flageolet*, accompagnés de reproductions. Papa crut reconnaître sur le visage d'un fumeur les traits d'un des mousquetaires. Il avait sans doute raison mais je ne l'écoutais plus. La tête inclinée sur l'album ouvert, je m'endormais. Le père regarda alors sa montre, un solide boîtier en acier qui avait fait la guerre, auquel il tenait, affirmait-il, comme à la prunelle de ses yeux, et annonça qu'il y avait école le lendemain, donc qu'il convenait de rentrer.

Une fois à la maison, maman lui reprocha vertement de m'avoir fait veiller si tard :

— Vos mousquetaires commencent à m'agacer, dit-elle. S'ils valent quelque chose, vendez-les !

Je protestai en pleurant et papa déclara qu'il ne vendrait jamais la « collection » appartenant au patrimoine de la famille. Sur cette fière sentence, les mousquetaires retrouvèrent leur place sous le buste de Mercure et on n'en parla plus.

Jusqu'à ce qu'arrive le jour tant attendu de la promenade dans la voiture du cousin Paul.

8

La Citroën du cousin Paul

Ce matin-là, je guettais depuis une bonne heure l'apparition de la « Citron » et criai lorsque la voiture s'arrêta devant la porte du 249 :

— Le voilà, le voilà, il faut descendre !

C'est ce que rappela un coup de klaxon nasillard qui alerta la Suprin occupée à balayer le couloir, fit sortir de sa boutique monsieur Pralon, le coutelier, et immobilisa Suzanne Laurent qui partait faire son marché. Personne ne possédait d'automobile dans les alentours et le stationnement de la toute dernière Citroën ne passa pas inaperçu. Qui allait monter dans ce carrosse noir, verni comme des souliers de marié, dont les pare-chocs nickelés étincelaient au soleil et que conduisait un monsieur bien mis, chapeauté d'un feutre à rebords ?

Notre arrivée sur le trottoir, papa avec sa canne et son gilet à fleurs, maman très belle qui étrennait une robe de mousseline mauve, et moi sanglé dans une nouvelle veste à poches boutonnées, fut saluée d'un sourire approbateur. Nous étions estimés dans le quartier et l'assistance trouvait bien que ce soit nous qui profitions de cette aubaine printanière.

Le cousin Paul descendit en nous voyant, embrassa maman et serra la main du chef. À moi, il tapota affectueusement la tête, au risque de déranger ma raie sur le côté, et dit :

— Alors, monsieur le spécialiste de la mécanique automobile, tu vas voir comment tourne le moteur de la 10 CV ! Pas un bruit ! Dommage que mon phonographe soit trop volumineux, on pourrait, en roulant, écouter la Cavali chanter la *Traviata*.

Bien que papa ait fait sa communion on ne croyait en rien chez les Benoist mais je remerciai Dieu de nous avoir épargné cette indécente irruption.

— Jean-Baptiste va s'installer à côté de moi, ajouta-t-il. Vous Jeanne, montez à l'arrière avec le jeune homme, vous verrez, les amortisseurs de la Citroën avalent tous les cahots de la route.

Je me montrai alors tout à fait impoli mais ne pus me retenir :

— Ce ne sont pas des amortisseurs mais des ressorts à flexibilité variable qui font l'originalité de la suspension de la 10 CV !

Papa me lança un regard sévère mais le cousin Paul ne se montra pas choqué. Il éclata de rire et dit :

— Mais d'où sors-tu tout cela ? On dirait que tu as appris par cœur le livret technique fourni avec la voiture !

— Oh, cousin Paul ! Ce n'est pas pour rien que j'économise mon argent de poche pour acheter chaque mois *La Vie de l'automobile* !

Monsieur le trésorier principal me regarda, dit que je l'épatais et sortit une pièce de cinq francs de son gousset :

— Tiens mon petit, pour acheter les prochains numéros de ton journal.

C'était décidément mon jour de bonheur. Un peu confus, je remerciai quand le chauffeur s'aperçut que nous étions toujours à bavarder autour de la Citroën sous le regard des voisins. Il s'écria alors d'un air enjoué :

— Allons, tout le monde en voiture ! J'ai retenu une table au restaurant de l'Aigle noir à Fontainebleau. Comme je ne veux pas rouler à cent à l'heure, il faut nous mettre en route.

La berline démarra au prix de quelques soubresauts que le conducteur attribua à la grande sensibilité de l'accélérateur, puis la voiture roula tranquillement vers la Bastille. Le cousin Paul avait repéré sur le plan le meilleur itinéraire pour rejoindre la Porte d'Orléans et moi, le nez collé à la vitre, je découvrais Paris. Aussi étrange que cela paraisse, à huit ans, en 1922, je n'étais pratiquement pas sorti de mon carré de faubourg, deux arrondissements, le onzième et le douzième qui sentaient la colle et le vernis. Mes plus lointaines percées au-delà de la Bastille ne m'avaient pas conduit plus loin que la Samaritaine, le magasin de maman et le musée du Louvre où le père m'emmenait parfois les dimanches d'hiver.

La route était en bon état, ce dont plusieurs fois le divin cousin se félicita, comme s'il y était pour quelque chose, tout en demandant à ma mère si elle n'avait pas peur.

— Je ne suis pas un conducteur novice, précisa-t-il. Durant la guerre, j'ai été un moment chauffeur du colonel.

À vrai dire, il était si prudent qu'il eût fallu beaucoup de malchance pour qu'il nous arrivât un accident. Et, dans un élégant crissement de pneus sur les graviers, la 10 CV arriva sans ennui à destination, la cour de l'hôtel de l'Aigle noir.

Au ruban de la route succéda le tapis rouge de l'entrée où un groom, galonné comme un sergent-chef, nous conduisit jusqu'à la salle à manger qui m'éblouit par la blancheur des nappes, le brillant des couverts et la transparence de la verrerie. À part un dîner, l'autre été, chez l'Italien du boulevard Diderot où le piment de la sauce tomate m'avait rendu malade, je n'avais jamais mis les pieds dans un restaurant. Un homme vêtu de noir me tendit une carte ornée d'un beau cheval mais maman préféra décider de mon menu. Ce menu, je me le rappelle, quatre-vingt-quatre ans après. Je revois la tranche de pâté de lapereau posée dans mon assiette, encadrée de petits cubes de gelée et d'oignons au vinaigre. Rien à voir avec le pâté de campagne acheté par ma mère chez le charcutier Rougeaud de la rue de Cotte. Celui-ci sentait, dirent les grandes personnes, le thym et le romarin. Je trouvais, moi, qu'il fleurait bon le champ de boutons d'or et de coquelicots de mon livre de lecture. Le cousin Paul trouva encore que la chair du pâté avait un goût de foie gras. Pour en avoir le cœur net il questionna le garçon qui lui répondit, un peu nonchalamment : « Il y en a ». Après, j'ai oublié le choix de mes parents et du cousin mais je me souviens que maman, sûre de me faire plaisir, m'avait commandé du poulet rôti avec des frites. Je savais que le vocabulaire benoistesque ne devait pas dépasser le cercle familial mais le mot m'échappa quand le serveur enleva la cloche d'argent qui couvrait mon assiette. Toute la table et même celle des voisins m'entendit m'exclamer :

— Oh, le beau pique à terre !

Papa trouva cela drôle, maman pas du tout. Le chef fut trop heureux d'expliquer :

— Notre belle langue française s'étiole comme une marguerite qui perd ses pétales. Elle abandonne les fleurons de son histoire. C'est pour cela, pour lui rendre sa verdeur, que j'introduis dans nos conversations familiales d'anciennes locutions ou celles qui me viennent à l'esprit.

Ainsi, chez nous, le poulet est devenu pique à terre.

Cousin Paul éclata de rire et félicita papa.

— Je vous connaissais fantaisiste, un peu comédien, mais vous êtes aussi poète cher Jean-Baptiste ! Ce « pique à terre » est une trouvaille !

Visiblement, monsieur le caissier principal du crédit municipal était ravi d'oublier, le temps d'un déjeuner, les affligeantes colonnes de chiffres, la figure de carême de ses subordonnés et l'air navré des malheureux venus chez « ma tante » engager la ménagère reçue en cadeau de mariage. Un instant, son visage réjoui s'attrista pourtant : il venait de penser à la désolante situation de sa femme contrainte à demeurer dans son fauteuil d'infirme :

— Je ne peux même pas l'emmener en voiture. Il faut deux ambulanciers pour la descendre et elle ne supporterait pas les cahots de la route. Heureusement qu'elle aime la musique !

Maman tressaillit et regarda papa. Léontine lui avait confié, l'autre dimanche, qu'elle détestait la grande musique, surtout l'opéra, et qu'elle mettait du coton dans ses oreilles pour atténuer les bruits crachés par le nouveau pavillon dont le souffle explosif faisait trembler les statuettes en porcelaine de Chine posées sur la desserte.

L'atmosphère devenant pesante, le chef ramena la sérénité en racontant comment j'avais découvert, en fouinant aux puces d'Aligre, un petit tableau qui pouvait bien être un Le Nain.

— Un Le Nain ! s'exclama le cousin Paul, qui par sa fonction s'intéressait à la peinture. Cela vaut une petite fortune, même une grande s'il est de bonne facture. Je sais bien que la mode est en ce moment à la peinture moderne et que les nouvelles galeries, les critiques et les amateurs affairistes ne jurent que par Picasso, Mondrian, Dufy ou Van Dongen, mais les grands collectionneurs, Ernest Cognacq, Paul Durand-Ruel, Georges Wildenstein et bien d'autres n'ont pas renoncé aux valeurs traditionnelles et continuent de rechercher les bonnes toiles de Corot, Van Gogh, Courbet, Renoir et de tous les grands peintres des siècles passés. Je suis ami de Frantz Jourdain qui est l'un de nos experts et acheteur pour monsieur et madame Cognacq-Jay. Voulez-vous que je lui montre votre tableau ? C'est un homme de confiance, qualité rare dans la jungle qu'est aujourd'hui le marché de l'art. Il peut l'authentifier et peut-être le proposer à monsieur et madame Cognacq-Jay dans le cas où vous seriez vendeurs.

Le père acquiesça et il fut convenu que le cousin Paul nous reconduirait à la maison et repartirait avec le tableau. Je réfléchissais en mangeant mes profiteroles au chocolat, point d'orgue de ce repas merveilleux, et compris que malgré mes droits de découvreur, je n'aurais pas à donner mon avis. J'avais d'ailleurs vraiment envie de savoir qui avait peint mes mousquetaires !

*
* *

Le faubourg changeait. On en parlait à la maison et je me rendais compte que la guerre, agissant encore comme une tornade, n'avait pas fini de bouleverser les habitudes, de modifier le vieux village du bois et même, comme le proclamait le père, la manière de travailler. La fabrication mécanique et bon marché avait entraîné la naissance d'une nouvelle profession, celle des marchands, souvent venus de l'Europe centrale, qui ouvraient des magasins, installaient des salles à manger et des chambres à coucher sur les trottoirs et n'hésitaient pas à racoler les clients. Ainsi, en bas de chez nous, les boutiques du tailleur et du marchand de couleurs venaient de laisser place à un magasin de meubles ouvert par un certain monsieur Goldenderg dont les méthodes commerciales agaçaient mon père :

— Ce monsieur se croit tout permis, le trottoir lui appartient semble-t-il. Bientôt, il remplira la cour de sa camelote. Quand je vous disais que le canaque triompherait dans le faubourg !

En fait, papa lui reprochait de gagner de l'argent, plus que les meilleurs ouvriers, en vendant des meubles de mauvaise qualité.

Si quelques noms historiques du bois avaient disparu, – monsieur Laurent en avait relevé la liste : Fourdinois, Pérol, Beurdelay... – il restait heureusement encore de grandes maisons comme Mercier, Soubrier, Rinck, Jansen, Hirsch, Sanyas et Popot avec ses quatre étages construits juste avant la guerre presque en face de la maison. « Sanyas et Popot » ! L'enseigne m'avait bien fait rire lorsque j'avais été capable de la lire.

C'est peu de temps après la mémorable promenade à Fontainebleau que papa rentra un jour si gaillard pour le déjeuner que maman, qui connaissait bien son Jean-Baptiste, lança :

— Toi, il t'est arrivé quelque chose !

Je pensai aussitôt aux mousquetaires mais il ne s'agissait pas du tableau. Le père ne nous laissa pas languir :

— Je vais quitter Jansen et entrer dès la semaine prochaine chez Bloch !

— Pourquoi ? demanda maman. Tu t'es disputé avec Maruco ?

— Pas du tout, mais monsieur Bloch m'offre une place de contremaître, de directeur technique, beaucoup mieux payée.

La révélation était d'importance. Je n'hésitai pas à y mêler mon grain de sel :

— Qui est donc ce monsieur Bloch ?

— Je t'ai déjà parlé, Jeanne, de ce jeune monsieur maigrichon qui se promène dans le faubourg, visite les grandes maisons, furète, questionne. On dit que durant la guerre il a construit des hélices d'avion. Il vient d'acheter un terrain avenue Ledru-Rollin et y installe une petite fabrique où il se propose, comme son beau-père, Hirsch, oui, le grand Hirsch de l'avenue Parmentier, de construire des meubles traditionnels de qualité. Figure-toi qu'il m'a fait prévenir ce matin de passer le voir sans délai car il avait une proposition intéressante à me faire. J'ai planté chez Jansen l'accoudoir de fauteuil que j'étais en train de sculpter et je suis allé le trouver. L'homme était penché sur sa table à dessin en train de tracer sur un calque des formes que je ne réussis pas à identifier. Il se leva, me tendit la main et dit : « Je suis Marcel Bloch. J'ai besoin d'ouvriers ébénistes, de menuisiers en sièges et de sculpteurs. Je les paierai en conséquence mais je veux les meilleurs ! Mon beau-père, monsieur Hirsch me propose des ouvriers mais il se gardera bien de me céder les plus habiles. Plusieurs personnes du métier m'ont parlé de vous. Elles m'ont dit que vous étiez l'un des meilleurs, sinon le meilleur sculpteur du faubourg. Vous êtes donc peut-être celui que je cherche pour former et diriger mon atelier mais je ne vous cache pas que vous n'êtes pas le seul sur les rangs ».

— Que lui as-tu répondu ?

— Que c'était lui qui m'avait appelé, que j'étais très bien chez Jansen et que je n'étais candidat à rien. Eh bien ! le ton de ma réponse ne lui a pas déplu et il m'a demandé si j'avais fait la guerre et dans quelle arme. Son regard s'est allumé lorsque je lui ai dit que j'avais été aérostier. Il commença à me poser un tas de questions et, je ne sais comment, j'en vins à lui raconter comment j'avais été le témoin de la chute et de la mort de Roland Garros. Il me sembla voir une larme couler sur son visage et, tout de suite, il m'annonça que mon récit le touchait, qu'il avait été un grand ami de Roland Garros et avait, en qualité d'ingénieur aéronautique, fait avec lui les recherches sur le tir à travers l'hélice. « Monsieur Benoist, enchaîna-t-il, c'est dit, je vous embauche ! Réfléchissez et revenez me voir demain. Vos conditions, si elles restent dans des limites raisonnables, seront les miennes. En gros, je vous propose, pour commencer, d'augmenter d'un tiers le salaire que vous touchez chez Jansen. »

René, qui était en permission, arriva à ce moment et les grandes personnes ne parlèrent que de l'étrange monsieur Bloch tout au long du déjeuner. Ils évitèrent seulement de faire allusion au salaire parce que le chef était formel : on ne parlait pas d'argent devant un enfant.

Voilà comment Jean-Baptiste Benoist, fine lame devant ses pairs, devint contremaître chez Marcel Bloch durant les deux années où celui-ci fabriqua des meubles dans le faubourg Saint-Antoine avant d'inventer des avions, d'être déporté avec sa femme Madeleine et de devenir le grand Marcel Dassault, son nom de résistant.

9

Checchina

La chance semblait se plaire au quatrième étage du 249. La nouvelle situation du père mettait du beurre dans les épinards et m'avait valu un costume marron-rouge du plus bel effet. Quant à maman, elle s'était fait faire un nouveau chapeau pour l'été. Les choses allaient donc bien pour la famille quand un jeune postier cycliste – je remarquai sa pince au pantalon – agrémenta d'une nouvelle note bleue notre musique. C'était un pneumatique, un système que je trouvais épatant parce qu'il transmettait des lettres à cent à l'heure sous le trottoir parisien. Maman prit le temps d'inspecter le pli sous toutes les coutures avant de l'ouvrir.

— Ce sont plutôt les mauvaises nouvelles qui sont urgentes, me dit-elle en se décidant à découper l'enveloppe selon le pointillé.

Maman se trompait, il s'agissait d'un mot du cousin Paul répondant enfin à une attente que je trouvais interminable : « J'ai récupéré le tableau. Jourdain dit qu'il est de Mathieu Le Nain, opinion avalisée par un autre expert, Édouard Jonas. On parlera de cela dimanche si vous venez prendre le thé. J'ai les nouveaux disques du *Vaisseau fantôme* de Wagner. Affectueusement. Paul ».

Maman n'était pas expansive. Elle resta calme et commenta simplement :

— Cette nouvelle va faire plaisir à ton père. Tu devrais aller chez Bloch lui porter le pneumatique.

Deux minutes plus tard je dévalais l'escalier, bousculais la Suprin qui sortait de sa loge et courais tel Mercure jusqu'à l'avenue Ledru-Rollin. Papa m'avait emmené un jour à son nouvel atelier encore vide. Cette fois, cinq établis étaient occupés par des ouvriers choisis par le père. Je remarquais un menuisier qui montait un siège et un sculpteur qui poussait d'une paume sèche et précise une gouge dont le biseau affûté brillait au soleil. L'artisan posa l'outil en me voyant et s'exclama :

— Mais c'est le petit Jean ! Comme tu as grandi !

Tout le monde me disait cela, moi je trouvais plutôt que je ne vieillissais pas assez vite. Je connaissais en tout cas cette tête aux cheveux blancs tout frisés, c'était celle du père Bricard, un vieux du faubourg qui avait, jadis, appris le métier au père, alors apprenti. Comme submergé par la vague canaque, il ne travaillait plus. Papa était donc allé le chercher, lui qui restait l'un des rares sculpteurs encore capables de fignoler un accoudoir de bergère comme monsieur Bloch l'exigeait. Je le saluai poliment et lui demandai où se trouvait le père. Je dénichai ce dernier dans une cour encombrée de longues planches. Il fut naturellement surpris de mon apparition, agitant la petite enveloppe bleue au-dessus de ma tête.

— Je vois à ton sourire qu'il ne s'agit pas d'une mauvaise nouvelle, mais qui nous envoie une dépêche ?

— Le cousin Paul. Les mousquetaires sont bien de Le Nain !

Le père, lui, à la différence de maman, ne retint pas sa joie. Il me prit sous les bras et m'éleva jusqu'à lui pour m'embrasser :

— Il en faut plus que cela pour être riche mais ta trouvaille, mon petit Jean, va nous permettre peut-être de changer la vie.

J'étais fier mais je comprenais mal ce que papa voulait dire :

— Pourquoi changer la vie ? Moi je me trouve bien !

Le soir, on ne parla que des mousquetaires. Si le père n'avait aucune notion de ce que pouvait valoir le petit tableau du marché d'Aligre, il avait toutefois une idée en tête dont il avait sûrement parlé à maman mais à laquelle il m'associa en me faisant promettre de garder le secret. La Suprin, qui entretenait de bons rapports avec ma mère, lui avait ainsi confié que le logement du deuxième, celui où madame Dustenchaut avait tiré un coup de revolver sur son mari, allait être libéré. La dame à chichis séjournait toujours à la prison de la Petite-Roquette et son mari avait donné congé de l'appartement chic du 249.

— Ce serait merveilleux si on pouvait s'y installer, dit papa ! Tu pourrais avoir ta chambre, tes frères, leur service militaire fini, pourraient rester dormir quand il leur plairait et l'ange du foyer aurait une belle et grande cuisine. Ce n'est pas, aujourd'hui, à la portée de notre bourse, le loyer est trop élevé, mais si nous vendions un bon prix les mousquetaires, peut-être le changement deviendrait-il possible !

Arrivé à la salade, des endives que je n'aimais pas mais dont, ce soir-là, je ne sentis pas l'amertume, le chef prit une décision :

— Jeanne, il ne faut pas que l'appartement du deuxième nous passe sous le nez. Dès demain, tu vas écrire au propriétaire pour lui dire que nous sommes intéressés et lui demander le prix de la location.

— Et si nous ne vendons pas les mousquetaires ?

— Puisqu'ils sont de Le Nain, nous les vendrons. À la pointe de l'épée, ils nous gagneront notre déménagement !

J'applaudis à ces propos dignes de d'Artagnan mais m'endormis tout de même un peu triste de devoir abandonner mes héros.

*
* *

« L'Affaire des Mousquetaires », comme disait papa, trouva son épilogue plus vite qu'on ne le pensait. Le cousin Paul avait opportunément invité avec nous l'expert Frantz Jourdain, un monsieur charmant aux cheveux ondulés et aux ongles vernis qui n'avait que de bonnes choses à nous confirmer. Notre Le Nain était authentique, il en existait une version plutôt moins réussie au musée national de Washington et la nôtre devait trouver assez facilement un acquéreur. Papa n'osa pas demander la valeur de ce trésor, c'est le cousin qui s'en chargea. Et la réponse arriva avec le flou qu'on pouvait attendre d'un professionnel habitué aux transactions en demi-teintes.

— La valeur d'une œuvre d'art n'est pas fixée comme celle d'une automobile ou d'un complet-veston, asséna-t-il d'un ton un peu professoral. Elle dépend de la somme que l'acheteur est disposé à en offrir.

— Mais comment doit-on procéder pour vendre notre tableau ? demanda papa que l'assurance de monsieur Jourdain agaçait.

— Il y a deux manières. Ou vous le faites figurer dans une vente publique en courant le risque que l'enchère reste inférieure à la valeur réelle ou vous le proposez directement à un amateur au prix fixé par vous.

L'animal de Jourdain tergiversait et le père insista en fronçant les yeux :

— Dites-nous donc tout de suite, monsieur, à combien vous estimez le tableau ?

— Il m'est difficile de vous donner un chiffre, il ne s'est pas vendu de Le Nain, à ma connaissance, depuis des années.

— Bon. Si je vous charge de la vente, à combien le proposerez-vous à votre client ?

— Monsieur Benoist, je crois que ce sera autour de cent mille francs. Notre monnaie a certes perdu de sa valeur avec la guerre mais c'est tout de même une belle somme !

Le cousin, qui n'avait encore prononcé aucun mot, objecta que la rareté des tableaux anciens sur le marché devait donner une valeur plus importante à un Le Nain ayant sa place dans un grand musée.

— Je vous demande, dit-il, de faire une offre à cent cinquante mille. Mais peut-être devrions-nous voir votre confrère Édouard Jonas…

Jourdain sentit que monsieur le caissier principal, qui lui confiait de nombreuses expertises, soutenait nos intérêts, donc qu'il valait mieux renoncer à penser arrondir sa commission.

— Mon offre était à minima, monsieur le caissier principal. Je comptais obtenir une somme plus importante et surprendre agréablement monsieur et madame Benoist.

— Fort bien, conclut le cousin. C'est moi que vous devez surprendre. Considérez que je suis le vendeur et tenez-moi personnellement au courant de votre transaction. Maintenant, pour nous détendre, nous allons écouter Wagner !

*

* *

La famille resta dans une longue expectative. Vendrait-on le tableau ? Cette cession suffirait-elle à nous permettre de louer l'appartement du deuxième ? Le sujet restait une affaire de grandes personnes. D'ailleurs, j'avais un autre sujet de préoccupation. Les filles, dont l'école était proche de la nôtre, sortaient une minute avant nous, pour éviter sans doute que les garçons n'ennuient les « quilles » dans cette rue de Reuilly livrée aux enfants. En se dépêchant, on pouvait pourtant rattraper les dernières sorties et celles qui traînaient un peu la sandale en rentrant chez elles. Parmi celles-ci il m'arrivait de reconnaître la fille du photographe qui venait d'ouvrir boutique dans le faubourg, près de chez nous.

Elle était mignonne Checchina. J'avais entendu un jour une copine l'appeler par ce prénom bizarre. Je m'étais renseigné, c'était Françoise en italien. Le père, monsieur Arroccare, était arrivé à Paris après la guerre avec sa femme et leur enfant. Je n'en savais pas plus sur leur compte, sauf que le photographe veillait jalousement sur sa Checchina. J'avais beau passer et repasser devant la boutique, m'arrêter et regarder pour la dixième ou vingtième fois des photos de mariés benêts et de bébés couchés sur le ventre, elle n'était jamais dans le magasin mais, le plus souvent, au premier d'où elle suivait le passage des gens et des voitures. J'aurais donné cher, sûrement mon stylo à plume rentrante ou le contenu de ma tirelire, pour l'inviter à venir observer le faubourg du haut de mon quatrième. Maman nous aurait fait du chocolat et beurré des tartines. On aurait ri, je lui aurais pris la main. Un peu plus tard peut-être, je l'aurais embrassée. Comme John Barrymore au cinéma.

Amoureux, ce mot ne me disait pas grand-chose, je me contentais de constater que la brunette aux socquettes rouges que je rattrapais au sortir de l'école m'attirait comme l'aimant que sortait monsieur Costes du compendium métrique, petite armoire accrochée au mur qui contenait des objets destinés à nous familiariser avec les sciences. Souvenir oublié des classes d'antan, elle contenait des poids de un à cent grammes, une boussole, une chaîne d'arpenteur et un gros aimant rouge. Quel écolier d'aujourd'hui a vu une chaîne d'arpenteur ?

Pour mon bonheur, Checchina avait remarqué mon manège et me souriait quand j'arrivais à marcher près d'elle rue de Reuilly. À l'angle du faubourg, elle pressait néanmoins le pas pour éviter que quelqu'un surprenne notre innocente connivence. C'est elle qui, un jour, me parla. Pour me demander mon nom.

— Je suis Jean et toi je sais que tu t'appelles Checchina.

Depuis ce jour nous échangeâmes quelques paroles, embarrassées, au long du chemin. C'était assez pour susciter les quolibets des copains et les perfidies des filles, mais on s'en moquait, occupés que nous étions à guetter l'occasion, un trou dans le trottoir ou un faux pas, de se rapprocher et de se frôler.

Un jour, au coin de la rue de Reuilly, avant que je la laisse partir devant en songeant déjà à la sortie de quatre heures, Checchina me glissa à l'oreille :

— À cinq heures, je vais à ma leçon de violon. Je serai un peu en avance, attends-moi à l'entrée de l'escalier, c'est…

— Chez Mlle Esther, je parie ?

— Oui, mais comment le sais-tu ?

— J'ai suivi ses cours l'autre année mais je n'étais pas doué. Sent-elle toujours le vieux fromage ?

Checchina pouffa et s'enfuit en dansant.

Nous nous sommes ainsi retrouvés sous le porche du 267, heureux et graves à la fois. C'était la première fois que nous étions réunis ailleurs que sur le chemin de l'école. Elle me prit la main et dit :

— Viens nous allons nous asseoir sur un banc, dans l'escalier, à l'étage au-dessus de chez Mlle Esther. Nous serons tranquilles.

Pendant dix minutes, hors du temps, hors du monde, nous nous sommes regardés, main dans la main, n'échangeant que des mots sans importance. Quand arriva le moment de nous quitter, j'ai osé lui demander si je pouvais l'embrasser. Elle n'a rien répondu mais m'a tendu les pétales de ses lèvres que j'ai effleurés dévotement.

Baudelaire me rappellera bien plus tard le sinistre escalier de Mlle Esther devenu, l'espace de quelques instants, « le vert paradis des amours enfantines ».

*

* *

L'été arrivait et nous nous préparions à aller nous installer à La Varenne. Grande nouveauté, papa avait pensé que je pouvais finir l'année scolaire à l'école de Champignolles, un lieu-dit proche, aux allures rustiques, qui s'enorgueillissait d'abriter la dernière ferme de la région et un maréchal-ferronnier qui ferrait quelquefois des chevaux mais fabriquait surtout des grilles et des portes destinées aux villas poussant un peu partout entre Champigny et La Varenne. J'appréhendais un peu ce changement mais je m'habituai vite au chemin des écoliers qui menait à la classe de monsieur Lecuir, aussi directeur, lequel me mit tout de suite à l'aise :

— Tu prends le train en route, alors ne cherche pas à rattraper la locomotive. Écoute, grappille du savoir autant que tu pourras, participe à la classe comme tu voudras et profite du grand air.

Monsieur Lecuir était un homme épatant. Il passait ses loisirs à scier et à raboter pour fabriquer des étagères, des petits bancs, des boîtes. C'est cet amour du bois qui l'avait poussé à m'accepter dans son école, papa ayant promis de lui donner une leçon de sculpture. J'ai appris beaucoup de choses durant les mois où il m'a accueilli deux années de suite, en particulier l'histoire de Louis XI à qui il vouait une admiration sans mesure, et *Les Éléphants* de Leconte de Lisle.

Un bon kilomètre séparait la maison de Champignolles, route à l'ancienne où les automobiles se montraient aussi rares que les piétons. Elle était coupée par un passage à niveau ouvert sur la ligne Paris-Bastille/Boissy-Saint-Léger qu'employait le père matin et soir. J'y retrouvais un copain de classe pour faire la dernière partie du trajet. Une sonnerie et un garde-barrière à casquette nous empêchaient de traverser lorsqu'un train était signalé. À nos heures, c'était un convoi de marchandises avec une kyrielle de wagons marron datant de la guerre, les mentions au pochoir « hommes debout 40-chevaux 8 » en étaient témoins.

Je n'avais revu Checchina qu'une fois avant de partir pour La Varenne et je pensais souvent à elle en m'endormant dans l'odeur sucrée du seringa planté devant ma fenêtre. Comme j'aurais aimé lui montrer mon royaume et d'abord la Marne où je lui aurais fait une démonstration de plongeons. Car le chef m'avait appris à nager et j'avais maintenant l'autorisation d'aller seul à la rivière et de m'y baigner en compagnie de mon nouvel ami, Robert, âgé d'un an de plus que moi, qui habitait toute l'année dans la rue Lucienne proche de la nôtre.

Le père de mon ami, monsieur Holstrom, Norvégien et fourreur, devait malgré son bedon descendre d'une sirène. Il vénérait en effet tout ce qui touchait la vie aquatique. Faute d'un fjord, il avait adopté la Marne pour y aménager un petit port avec un ponton afin d'y amarrer son bateau. Un bateau bizarre, tout blanc, avec un mât démesuré porteur des drapeaux français et norvégien, deux banquettes rembourrées qui se faisaient face et, à la poupe, la place du capitaine et du moteur bien faiblard pour tirer ce yacht qui, affirmait papa, avait la forme d'un cachalot à grosse tête.

— Un jour, ajoutait-il, il plongera et ira retrouver la mer.

Chaque dimanche d'été, à trois heures, monsieur Holstrom tout de blanc vêtu, couvert d'une casquette d'amiral, hissait le grand pavois pour emmener son épouse, Robert mon copain et rarement sa fille Suzanne, une sculpturale beauté blonde de dix-huit ans ayant autre chose à faire que de naviguer sur les clapotis de la Marne, se promener jusqu'au pont de Chennevières. Souvent, j'étais invité à participer à cette croisière qui s'achevait chez les

Holstrom devant une montagne de sbrods. Robert et moi avions droit à une citronnade, le capitaine et madame, eux, ouvraient une bouteille d'aquavit et, selon mon ami, ne la lâchaient, vide, qu'à l'heure du dîner. La promenade, toujours la même, accompagnée d'un teuf-teuf insistant, se révélait un peu monotone mais je repense avec nostalgie à madame Hortense Holstrom, souriante sous son grand chapeau de paille rose, à l'amiral, sérieux et droit comme un étambot. Je me revois, comme si c'était hier, à côté de Robert dans le bateau blanc qui, je ne vous l'ai pas dit, s'appelait *Lily* et virait à bâbord vers les cinq heures autour de la pile du pont de Chennevières.

*

* *

À la maison, les dimanches répondaient à un rituel plus fantaisiste. Le père se levait à six heures, arrosait ses semis de giroflées et partait à la pêche. Que j'aille le chercher ou non, il rentrait vers dix heures du matin, faisait sa toilette, demandait à l'ange du foyer, maman, d'étrenner sa barbe et s'habillait en attendant notre voisin, monsieur Maillard. Secrétaire de l'ordre des médecins, toujours tiré à quatre épingles, il jouissait avec son épouse dans le clan des Benoist d'une franche sympathie. Il arrivait chez nous vers onze heures, saluait ma mère et prononçait toujours la même phrase :

— Seriez-vous disposé, monsieur Benoist, à disputer une petite partie de jacquet ? Je pense qu'aujourd'hui je vais réussir à vous battre.

Le chef acquiesçait en souriant. Il était très fort au jacquet, le père, et monsieur Maillard perdait neuf fois sur dix.

J'allais chercher le jeu, une grande boîte s'ouvrant en deux sur un fond de drap vert qui contenait des pions noirs et blancs, polis comme des gros galets. Le coffret en acajou et en bois clair était magnifique. Il avait même une histoire que le père aimait raconter : « C'est le modèle d'une série de vingt commandée par le shah d'Iran. Monsieur Jansen me l'a offert quand j'ai quitté sa maison pour entrer chez Bloch ».

J'avais, le dimanche matin, une autre mission : apporter aux joueurs installés sous la tonnelle le seau dans lequel rafraîchissait une bouteille de picpoul. L'inventeur du pic à terre avait un jour découvert ce blanc sec au dépôt des Vins de France de La Varenne. L'appellation l'avait enchanté et il avait déclaré ce blanc du Languedoc idéal pour accompagner les matinées dominicales de notre campagne.

— Monsieur Maillard, disait-il après avoir gagné la première partie, vous prendrez bien un gorgeron de picpoul ?

« Gorgeron », c'était aussi un nom qu'on n'employait que chez les Benoist. Le chef, si vous l'y engagiez, expliquait qu'au mot « verre », bien commun, à celui de « gorgée » qui fait penser à un gargarisme, il préférait « gorgeron » plus désaltérant et plus joyeux.

Le brave monsieur Maillard avait l'impression de s'encanailler en répondant, ravi :

— Mais oui, monsieur Benoist, servez-moi donc un bon gorgeron !

Souvent il apportait sa bouteille qui, affirmait papa, n'avait pas, malgré une étiquette flatteuse, le bouquet du picpoul.

10

Les verres bleus

Jourdain, l'expert de chez « ma tante » et du cousin Paul, ne mit pas longtemps à céder « mes » mousquetaires à monsieur Cognacq-Jay. Je n'ai, je crois, jamais su la somme qu'avait déboursée le richissime propriétaire de la Samaritaine pour accrocher notre Le Nain à côté des anges polissons de Fragonard, des fillettes dodues de Greuze, des élégantes de Watteau et du portrait de Gevartius par Rubens, mais je me rappelle que papa était très content de cette transaction qui nous faisait presque riches. Je le revois, rentrant du crédit municipal où il avait été chercher l'argent, tirer de ses poches des billets de cinq mille francs et les aligner sur la table devant maman, émue, qui répétait :

— Je n'y ai jamais cru, je n'y ai jamais cru.

— Moi si, disait papa.

— Et moi aussi j'y ai cru ! clamai-je sous les rires des parents qui n'avaient jamais vu autant d'argent de leur vie.

L'excitation tombée, le père redevint sérieux :

— Jeanne, nous irons demain matin tous les deux, pour plus de sûreté, porter l'argent à la Caisse d'Épargne. Tu enverras un pneumatique à la propriétaire pour lui dire que nous louons le logement du deuxième. Et moi, je vais penser aux travaux d'agrandissement de La Varenne.

— On agrandit La Varenne ? questionnai-je, curieux.

— Oui, et comme c'est grâce à toi tu m'aideras à dessiner notre nouvelle maison.

Le lendemain, papa rapporta un rouleau de papier-calque, des crayons, une gomme, une règle centimétrique et demanda qu'on sorte la planche à dessin. J'eus un petit moment d'angoisse puisque celle-ci avait souffert de l'usage que j'en avais fait dans mes jeux. Le père, qui s'imaginait fixant une grande feuille blanche sur une plaque de frêne bien propre, découvrit la planche couverte de dessins de toutes les couleurs, creusée par endroits avec un outil indéterminé, et même fendillée sur le côté. Plus étonné que fâché, il demanda comment j'avais pu détériorer un accessoire aussi noble. J'eus toutes les peines du monde à lui expliquer que cela remontait au temps où, petit, je jouais au dentiste, faisais des trous à l'aide d'un tournevis et les bouchais avec de la mie de pain. Papa, en m'entendant, ouvrit de grands yeux :

— Voilà un jeu qui sort de l'ordinaire ! Mais il faudra acheter demain une autre planche.

Ce soir-là, on ne dessina donc pas la nouvelle habitation mais mon père l'avait dans la tête. Il nous la décrivit avec l'inspiration des grands jours :

— Sur l'arrière, nous allons construire deux vastes pièces communiquant avec la maison mère. Je les vois donnant sur le jardin, éclairées par deux grandes baies ; l'une d'elles, la cuisine, ouvrira sur le parc, enfin sur le jardin, face à la tonnelle, l'autre sera la salle de bains. Un bel escalier de chêne remplacera celui existant, peu commode et dangereux. Il desservira le premier étage…

Lequel « premier étage » se bornait à une chambre-dortoir où nous couchions mes frères et moi. Papa continuait à décrire avec emphase un autre escalier menant à la cave. Maman, qui écoutait en souriant, dit :

— Tu es merveilleux mon mari. On dirait Mansart en train d'expliquer à Louis XIV comment il voit le Grand Trianon !

Le chef nous épata pourtant lorsqu'il annonça :

— Et je veux le chauffage central !

Le chauffage central ne constituait pas une nouveauté mais il était rare. Le bel appartement du cousin Paul était chauffé par des salamandres et, à La Varenne, nous ne connaissions pas de villas qui en fussent équipées.

— Tu es fou mon pauvre Jean-Baptiste, l'argent te tourne la tête. La cagnotte des mousquetaires, hélas ! n'est pas inépuisable.

Un an plus tard, nous eûmes pourtant tout cela. Une chaudière Idéal Confort, des radiateurs dans toutes les pièces et, en plus, un atelier au fond du jardin car le père avait décidé de travailler à La Varenne durant l'été.

*

* *

À Paris, le déménagement de deux étages s'était bien passé. Mon frère André en permission et deux ouvriers de chez Bloch avaient donné la main pour descendre les meubles. Pour le reste je fus aussi mobilisé et j'ai bien dû dévaler et remonter l'escalier une cinquantaine de fois, maman se chargeant des accessoires de cuisine, ce qui n'était pas une mince affaire.

Dépaysé et mort de fatigue, je n'ai pas beaucoup dormi la première nuit. Les parents m'avaient laissé choisir les objets pouvant orner ma chambre. J'ai gardé ainsi Mercure et son sourire goguenard et papa, avec quelque réticence, m'a permis de poser le coq de Barye sur ma table de chevet.

— Tu l'as mérité dit-il, car sans ton flair les mousquetaires, « Un pour tous, tous pour un », ne nous auraient pas accordé leur protection.

*

* *

À peine installés, nous partîmes aux beaux jours pour La Varenne. Je laissais pour la dernière fois l'école de la rue de Reuilly, perdais la douce Checchina et abandonnais au quatrième gauche huit ans de souvenirs heureux. À vrai dire nous avions tous envie de découvrir, après le nouvel appartement, la maison refaite. Mon père, seul, quelquefois avec maman, avait multiplié les allers-retours durant l'hiver afin de surveiller les travaux. Surveiller n'était pas un vain mot : le chef avait plutôt fait tourner en bourrique maçons et charpentiers. Il savait ce que travail bien fait voulait dire et il avait fait reconstruire deux fois l'escalier qui menait à l'étage parce qu'il ne « tournait pas bien ».

Quand nous arrivâmes, les murs sentaient encore un peu l'humidité mais la cuisine était prête, avec une grande table de ferme en chêne achetée par papa chez un brocanteur de Champigny et un réchaud à gaz tout neuf choisi par maman sur le catalogue Sauter. Je crois que cet appareil de fonte émaillée fut ce qui lui parut de plus significatif dans notre changement de vie.

Heureusement, il faisait encore assez frais pour que le père mette en marche le chauffage central sans avoir l'impression de jeter par les fenêtres l'argent de d'Artagnan. Il avait soigneusement compulsé la notice de fonctionnement du monstre encore endormi à la cave, réglé le thermostat à 20, vérifié le niveau d'eau et allumé la chaudière Idéal Confort devant une assistance bavarde. Les oncles et les tantes du clan étaient en effet tous venus pour assister à la cérémonie.

Le chef prépara une torche de papier journal et l'alluma dévotement, comme un brahmane du Gange. Deux fois incendié, le petit-bois crépita sans parvenir à enflammer les briquettes. Papa commençait à s'énerver quand, au troisième essai, le charbon charbonna, la braise rougeoya et le foyer s'embrasa sous les applaudissements. Jamais, depuis l'installation de l'électricité au faubourg, la famille n'avait vécu une telle avancée du progrès. Il n'y avait plus qu'à remonter pour aller tâter les radiateurs et complimenter chaleureusement l'artisan du miracle. Le père était heureux. Bien que ce ne fût pas dimanche, il dit :

— Jeanne, prépare donc des verres et une bouteille de picpoul !

*

*   *

J'avais près de neuf ans, en 1923, quand survint, j'ose le dire, l'événement qui a le plus marqué mon enfance. On n'en a jamais parlé chez nous après qu'il soit arrivé mais son souvenir ne m'a jamais quitté.

Sur le chemin qui menait à la Marne se trouvait une grande maison en construction, deux étages, meulières, perron en pierre de taille, bref, tape-à-l'œil. Les couvreurs en étaient à la pose des tuiles et mes copains Holstrom, Perrin et moi avions adopté ce chantier pour le transformer dans nos jeux, lorsque les ouvriers l'avaient quitté, en studio de cinéma. Trois lattes de bois dénichées sur place servaient de trépied pour supporter une boîte à chaussures dont notre imagination faisait une caméra grâce à une boîte ronde de Valda en guise d'objectif et une manivelle de Meccano. Nous prenions notre inspiration dans *Le Film complet*, revue qui racontait Hollywood, les westerns, et publiait des photos d'Albert Préjean, grande vedette française et gloire locale dont la mère vendait encore des gâteaux au marché de Champigny.

Pour nous, La Varenne était Hollywood. Ce jour-là nous « tournions » un film de cow-boys, à moins que ce fût une histoire de gangsters. Robert Holstrom opérait à la caméra, Perrin, porte-voix de carton au poing, jouait le metteur en scène et moi l'acteur, un genre de Rudolf Valentino. Ma scène ? Escalader l'échafaudage pour sauver une jeune fille qui, hélas ! n'existait pas plus que l'Arlésienne. Après avoir franchi un pont de planches et monté plusieurs échelles, j'étais parvenu jusqu'au toit, à cheval sur un chevron. C'est alors que j'entendis en bas une voix connue, celle du père qui rentrait de la pêche et demandait à mes comparses :

— Où est Jean ? Il n'est pas avec vous ?

Devant l'air embarrassé de mes amis, papa leva la tête et m'aperçut dans la situation vraiment dangereuse où je m'étais hissé. Je croisai son regard qui, malgré la distance, je m'en rendis compte, traduisait son angoisse. Il posa ses rames, ses cannes à pêche et me parla, suffisamment fort pour que j'entende mais avec aussi beaucoup de calme :

— Mon petit Jean, il faut que tu descendes de là lentement. Tiens-toi bien sur les poutres et cale doucement tes pieds à chaque mouvement. Voilà ! Continue ! Surtout ne te presse pas. Non, ne regarde pas vers le bas et dirige-toi sans crainte jusqu'à l'échelle. Allez, courage ! Si tu n'as pas peur, tu es sauvé.

Je ne m'étais pas cru en danger. Pourtant, au cours de la descente, en suivant les conseils du père, je réalisai que j'avais pris énormément de risques et qu'il avait raison de se montrer effrayé. Enfin, au pied de la dernière échelle, je foulai la terre ferme ou plutôt la poussière de plâtre répandue autour du chantier. Papa s'approcha et je me jetai dans ses bras en pleurant. Lui non plus ne put retenir quelques larmes en m'étreignant. Il se reprit toutefois pour admonester mes deux acolytes :

— Vous ne vous rendez pas compte que Jean serait mort s'il était tombé de là-haut ? Si je vous revois dans une maison en construction, je préviendrai vos parents. D'ailleurs il n'est pas dit que je ne le ferai pas demain !

Tandis que mes copains bredouillaient de vagues regrets le père, la voix raide, se tourna vers moi :

— Toi, prends les rames et viens. Nous rentrons.

Je m'attendais à ce que papa m'attrape, me menace d'une punition sévère mais, l'air sombre et préoccupé, il resta muet durant le trajet.

Nous arrivâmes ainsi à la maison où nous trouvâmes maman en train de cueillir du persil pour la salade. Elle lut tout de suite sur le visage du père, d'habitude enjoué, qu'il s'était passé quelque chose.

— Qu'y a-t-il ? Vous faites tous les deux de drôles de têtes.

— Drôle n'est pas le mot. Ton fils devrait être mort à cette heure ! Je l'ai trouvé en équilibre sur le toit de la maison en construction de l'avenue Thiers, cramponné à une poutre. Je te raconterai. Avant j'ai un compte à régler avec ce stupide enfant qui m'a donné la plus grande frayeur de ma vie. Oui, même pendant la guerre je n'ai eu aussi peur !

Sans ajouter un mot, il m'empoigna et me délivra la seule correction de ma vie d'enfant. Pas un châtiment pour rire, non, ses mains qui savaient être si douces me giflèrent durement, me cinglèrent les cuisses, me brûlèrent les fesses à travers ma culotte de toile. Je crois que la surprise fut plus forte que la douleur et je ne pleurai que lorsque la giboulée de baffes se fut arrêtée. Maman, pétrifiée, n'avait dit qu'un mot :

— Pas sur la tête s'il te plaît, pas sur la tête !

Je m'en tirais avec deux joues écarlates et les cuisses marquées par la main droite du père, celle qui avait le durillon du sculpteur. Papa, tout de suite, retrouva son calme. Il me prit sur ses genoux et me parla sans rudesse :

— Je n'ai jamais porté la main sur toi ni sur tes frères qui auraient pourtant souvent mérité quelques claques. Aujourd'hui, il m'en a coûté de te battre mais il fallait que tu te souviennes de cet instant où un seul geste maladroit, une toute petite glissade, auraient pu causer ta chute. Tu me vois rentrer à la maison en te portant, mort, dans mes bras ? Je suis sûr que, maintenant, tu réfléchiras avant de faire n'importe quoi par bravade, par sottise, pour épater les copains.

Je promis, jurai, lui dis que je l'aimais et courus embrasser maman qui pleurait en tenant toujours son bouquet de persil à la main.

Au cours du repas qui, on s'en doute, fut morose, papa rompit le silence :

— Jean, mon petit, nous allons maintenant oublier cette journée qui, Dieu merci, ne s'est pas terminée en drame. Jamais nous ne reparlerons de cette histoire. Tes frères eux-mêmes n'en sauront rien. Un dernier mot : je pense que tu comprends combien il fallait que je t'aime pour avoir eu la force de te corriger.

Je crois que j'ai bien fait de lui répondre :

— Oui, je comprends, mais je veux te rassurer : tu ne m'as pas fait très mal !

*

*   *

Le père avait donc son atelier, tout neuf, tout blanc, dont les larges fenêtres donnaient sur le jardin. Sculpter une bergère Louis XV devant ses carrés de haricots et ses massifs de dahlias signifiait, pour papa, accéder à l'empyrée des fines lames. Ce système lui évitait un voyage quotidien à Paris et lui permettait la jubilation de tremper chaque jour ses lignes dans la Marne avec l'espoir de rapporter dans sa bourriche quelques brèmes ou gardons bourrés d'arêtes que lui seul mangeait lorsque maman avait la mansuétude de les vider et de les faire cuire.

Mais le plaisir n'était pas dans l'assiette. Il apparaissait bien avant, au moment où le flotteur tremblait puis s'enfonçait brusquement, appelant un ferrage ni trop sec ni trop mou pour accrocher le poisson à l'hameçon, le sentir frétiller et le ramener doucement jusqu'au bord du bateau. De ces deux heures passées sur le « coup » à regarder filer le bouchon au gré du courant, à s'émerveiller des minauderies d'une libellule, le père revenait reposé, joyeux, prêt à passer une soirée familiale de rêve sous la tonnelle, à féliciter maman pour sa gibelotte de lapin. Lapin qu'il avait baptisé pour toujours un « renifleur », qu'il soit chasseur ou en civet.

*

* *

La table avait toujours tenu une grande place dans la famille. En dehors du plaisir qu'il prenait à donner aux mets des noms bizarres, la fine lame était aussi une fine gueule. À La Varenne comme à Paris. Même dans les temps difficiles où maman avait du mal à boucler les fins mois, souvent celles du terme, le père ne voulait que du premier choix :

— J'aime mieux, disait-il, que nous mangions moins de viande mais qu'elle soit de qualité.

Pas question par exemple de toucher au « frigo », ce bœuf congelé venu d'Argentine que la boucherie Amédée Dujoin, de la rue de Cotte, débitait à moitié prix.

— Je ne peux bien travailler que si je suis bien nourri ! affirmait-il. Et je dois travailler dans l'excellence pour faire vivre la famille.

Et s'il mangeait bien, nous aussi. Ce n'était d'ailleurs pas une exception dans le faubourg où les gens du bois avaient la réputation de se tenir à table. Les ébénistes venus au cours des siècles d'Allemagne, de Flandre ou de Pologne y étaient peut-être pour quelque chose. Ils avaient apporté du nouveau dans la vieille cuisine des Parisiens. Ainsi nos ragoûts s'étaient parés d'épices danubiennes et la flamiche du Nord avait pris place, sur les nappes, au côté des pâtés dont les ménagères se passaient la recette, de mère en fille depuis le Moyen Âge. Plus récemment, l'émigration italienne, importante dans le quartier du bois, avait appris à ceux de la Bastille à manger les pâtes Rivoire et Carret, paquet bleu qui produisait un bruit de castagnettes quand on l'agitait, autrement qu'en bouillie pour grands-mères. Papa avait trouvé sur ce sujet, dans un livre de la bibliothèque, un passage qu'il avait fait sien et qui faisait de l'effet quand nous avions du monde : « On ne saurait mésestimer l'importance de la gastronomie dans l'existence d'une collectivité ».

Les fratries, les amitiés d'atelier et de voisinage, les rencontres entretenaient l'agréable habitude de se recevoir. Il ne se passait pas de mois sans que les Maruco, les Descartpenterie, les Surmain, tous compagnons du bois, et plus simplement des oncles et des tantes, ne viennent dîner le samedi soir ou déjeuner le dimanche. Chaque réception, si simple fût-elle, nécessitait des préparatifs. Cela commençait par la pose des rallonges à la table familiale. On avait beau en avoir répété la manœuvre des dizaines et des dizaines de fois, la vis qui bloquait l'ouverture du meuble en deux parties se coinçait et celui qui était chargé de tourner la manette s'en tirait avec un pinçon. Évidemment, ensuite, les rails de bois qui permettaient de guider l'ouverture refusaient de glisser. Il fallait s'y mettre à deux, parfois à trois, pour libérer dans un bruit sourd la place d'une ou deux allonges. Lorsque enfin la table était prête, maman mettait la nappe. Elle en avait beaucoup dans l'armoire. Qui allaient de la blanche aux fines broderies à la main à celles couvertes d'impressions de fleurs des champs. Son choix, mûrement réfléchi, dépendait de son humeur et, surtout, de la qualité des invités. Chaque nappe avait ses serviettes assorties. Certaines étaient immenses, avec les lettres *B.D.* autrefois brodées par ma grand-mère. Et il a fallu que j'attende l'apparition d'Hercule Poirot sur les écrans de télévision pour en retrouver une aussi grande, que le héros de ce feuilleton de la BBC joué par David Suchet se noue benoîtement autour du cou dans les dîners chic.

Le moment venait de sortir l'argenterie, le service de Limoges et les verres de cristal. Pour l'eau il s'agissait de grands verres à pied bleu et jaune d'or qui donnaient à la table un air de fête original. Papa les avait achetés chez son broc'de la rue de Charonne, celui qui lui avait vendu le buste de Mercure. Il y tenait à ses verres bleus, le père ! Ses recommandations, chaque fois qu'on les sortait du buffet, nous faisaient sourire. N'empêche que je les ai toujours et qu'il n'en manque pas un, alors que les verres de famille en cristal sont brisés depuis longtemps !

Deux heures avant l'arrivée des invités, la table était prête et maman avait noté la place qu'ils occuperaient sur un petit papier. Elle passait alors dans la cuisine et on ne la revoyait que fort tard, lorsqu'elle partait dans la chambre pour « se faire belle » comme elle disait. C'est vrai qu'elle était belle, maman, dans la robe de velours noir qu'elle portait souvent ces jours-là. Elle mettait aussi ses diamants aux oreilles. Les siens étaient les plus beaux de la famille et le père, plus qu'elle, en était fier car il existait une compétition officieuse et muette entre les maris. L'importance des brillants d'oreilles constituait, je crois, la seule marque différenciant les membres du clan.

*

* *

Ce soir-là, on recevait Raymond Derlinger et sa femme, une blonde piquante plus jeune que lui qui avait dix ans de moins que papa. Le père l'appelait « mon bleu » parce qu'il l'avait accueilli en 1917 à la 83e compagnie d'aérostiers. Derlinger, un colosse dont la famille avait quitté l'Alsace après la guerre de 70, étant ébéniste, le bois les avait rapprochés. Pour l'heure, le « bleu » avait repris un atelier rue de Montreuil et assurait que c'était celui où le grand Boulle avait, à ses débuts, manié la scie à refendre. Ce que prétendaient tous ceux qui poussaient la varlope dans la rue mythique du bois ! Boulle ou pas Boulle, affirmait le père, c'était l'un des meilleurs ébénistes de l'époque. Il travaillait pour les plus grandes maisons et avait sa propre clientèle, ce qui lui avait permis d'engager cinq compagnons. Il était, selon papa, la preuve que les canaques n'avaient pas mangé les durs à cuire et que le meuble de qualité existait toujours dans le faubourg.

Comme existe encore aujourd'hui dans les bonnes maisons, l'œuf mimosa que maman servait en entrée à ses invités. Elle était la reine des œufs mimosa, la mère. Même les étoilés du Michelin qui se hasardent maintenant dans des traverses bistrotières ne parviennent pas à égaler l'onctuosité de la liaison œuf-mayonnaise de maman. Cela tenait, confessait-elle, à la fraîcheur des œufs qui venaient de la ferme de la crémière de la place d'Aligre et à l'huile délicatement veloutée de Picousa, l'Italien de la rue de Montreuil. À son tour de main aussi, qui donnait à la mayonnaise une consistance équilibrée, ni trop épaisse, ni trop légère, et encore à quelques pincées d'épices sur lesquelles elle restait discrète. Moi, je savais : le commis indien de chez Bouscatel, le charcutier, lui préparait en douce les petits sachets qui relevaient aimablement notre cuisine.

Les œufs mimosa ovationnés, en particulier par mes frères – le caporal André et le sergent René venaient d'être démobilisés et avaient été privés de cette succulence familiale durant dix-huit mois –, on passa au plat de résistance. C'était ce jour-là un « pansu » comme disait papa, comprenez un gigot. Une fine lame était là pour le découper : avec une adresse de chirurgien, ou tout simplement de sculpteur, le chef termina le long travail de maman qui avait préparé la bête, l'avait aillée, enduite de beurre et généreusement arrosée tandis qu'elle dorait dans le four de la cuisinière. Seul, en effet, un fourneau de fonte noirci par les ans pouvait garder sa saveur à la chair du jeune mouton. C'était le temps où les moutons existaient encore. Chacun sait qu'aujourd'hui les bouchers ne vendent que des agneaux.

Quand il ne resta plus dans le plat que l'os du pansu rasé de près, maman demanda à l'un de ses grands fils d'aller chercher la salade :

— Un peu de verdure pour équilibrer le repas.

Équilibrer, tu parles ! Suivait en effet, après la romaine exactement assaisonnée, le fameux « quatre-quarts », une autre spécialité Benoist. Je vous en parlerai une autre fois.

*

*   *

L'installation dans le nouvel appartement s'était faite petit à petit, sans heurt ni déception. J'étais le seul, avec papa qui appréciait la lumière, à regretter la hauteur du quatrième d'où je guettais l'apparition sur le pavé parisien des nouveaux modèles d'automobiles. Au deuxième, j'étais gêné par les arbres, mon champ de vision se voyait réduit et les nouvelles grosses américaines me passaient devant le nez sans que j'aie le temps de voir s'il s'agissait de la trogne d'une Oldsmobile ou des ailes d'une Chrysler. Mais, avait dit papa, « il ne s'agit pas de faire peau neuve. On s'agrandit, c'est tout ! On écarte les murs, on allonge le couloir et on reste chez nous, dans l'immeuble où les enfants sont nés ».

Il était vrai que l'inconvénient de la hauteur était peu de chose à côté du confort que nous avions acquis. J'avais ma chambre, un grand placard où je rangeais mes trésors et une table sur laquelle je pouvais laisser ma pièce de Meccano en cours de montage. Le Meccano avait été ma chance de l'année. Il avait été convenu que je recevrais une boîte pour mes étrennes mais, pour des raisons financières, il ne pouvait s'agir que d'un coffret modeste permettant seulement des constructions élémentaires éloignées de celles dont je rêvais, en particulier ce camion entrevu sur un catalogue. Mon oncle André, celui des Galeries Lafayette, se joignit heureusement au Père Noël en achetant une boîte n° 4, la plus importante, soldée par son confrère du rayon des jouets après avoir été exposée. Grâce à cet heureux concours de circonstances, le gros camion attendait maintenant, sous la protection de Mercure, que mon frère René, fortiche en électricité depuis son service militaire, me bricole un petit moteur.

Cela, c'était mon domaine. Les grands avaient trouvé un autre sujet de distractions : le sport. René avait commencé à jouer au tennis sur le court au ciment ébréché de « l'Avenir sportif du XIe » et André se passionnait pour le « noble art », la boxe. Il s'entraînait deux fois par semaine au Ring-Club de la Bastille avec l'espoir de devenir un jour champion de France amateur. Georges Carpentier n'avait pas débuté autrement ! En attendant la gloire, cette activité brutale lui valait des gnons qui affolaient maman. Papa, le plus pacifique des hommes, était contre toute attente intéressé par le ring. De temps en temps il allait avec ses deux fils voir des matchs qui opposaient les meilleurs amateurs au Central, boulevard Poissonnière. J'aurais bien aimé les accompagner mais je devais me contenter d'écouter des commentaires qui n'en finissaient pas.

André achetait *L'Auto*, René *L'Écho des Sports* et les repas résonnaient des exploits de Jaurréguy et de Crabos, les héros du match de rugby France-Écosse, des frères Pelissier imbattables aux « Six Jours », de l'irrésistible allonge du gauche d'Al Brown et du Red-Star, la grande équipe parisienne de football. Je me souviens aussi qu'on parla beaucoup d'une épreuve organisée par le quotidien *L'Auto*, soucieux de savoir qui d'un coureur à pied, d'un taxi, d'un autobus et d'un fiacre joindrait le plus rapidement la République à la Madeleine. C'est l'athlète qui, se jouant le mieux des embarras de la circulation, arriva premier en bouclant les deux kilomètres et demi des grands boulevards en neuf minutes et cinq secondes.

*

* *

Le déménagement ayant libéré de la place sur les murs, papa pouvait disposer avec plus d'harmonie ses tableaux et les bronzes en ronde-bosse dont il enrichissait maintenant sa collection. Il avait ainsi trouvé deux ravissantes têtes d'enfants modelées par Renoir fondues dans un beau bronze cuivré qui, fixées sur une planchette de chêne clair, faisaient le meilleur effet à côté du baromètre.

Le baromètre ! J'aurais dû vous en parler depuis longtemps car il n'a cessé de tenir, jour après jour, un rôle important dans la famille. Je l'ai toujours connu. Le père l'avait sculpté en noyer au début de son mariage. C'était une sorte de bouquet de fleurs, de feuillages, qui encadrait l'œil d'un gros baromètre et le tube d'un thermomètre à mercure. De ces renifleurs de beau fixe et de centigrades, le père avait réussi à faire l'objet d'art le plus sollicité de la maison. Chaque matin avant de partir pour l'atelier, chaque midi à l'heure du déjeuner et le soir en se mettant à table, le chef tapotait deux fois le verre de l'index et regardait avec l'attention d'un chercheur de planètes de quel côté l'aiguille allait pencher. Tout était dans cette infime pulsation car papa savait déceler l'averse prochaine dans la zone cabocharde du temps variable. Devant son baromètre, papa n'était plus le chef, mais Jupiter qui annonçait la foudre ou le rayon de soleil dans le ciel du faubourg.

11

Les arlequins

J'avais grandi, j'étais monté de classe chaque année et, à douze ans, en 1926, j'avais atteint la première, celle du certificat d'études. Monsieur Voisin, le maître chargé de mener sa petite troupe jusqu'à cette étape importante de la vie, n'ignorait pourtant pas que, malgré les efforts de tous les instituteurs qui l'avaient précédé, une petite moitié de ses élèves, les plus âgés parce qu'ils avaient plusieurs fois redoublé, ne recevraient pas le premier diplôme du savoir. Au moins tous savaient lire et faire les opérations de calcul élémentaires, et la plupart situaient sans sourciller Poitiers comme le chef-lieu de la Vienne. Il leur restait à trouver le patron capable de leur apprendre un métier. Moi, j'étais assez bon élève pour ne pas craindre un échec. En effet, je fus reçu parmi les premiers de l'école, ce qui me valut, comme promis par le chef, un beau vélo neuf avec, c'était mon rêve, un guidon de course.

Ce cadeau tant attendu changea ma vie à La Varenne. Robert Holstrom déjà propriétaire d'une bicyclette demi-course, une Peugeot, et moi nous nous mesurâmes tout l'été sur les routes voisines. Lui, l'aîné, incarnait l'Italien Bottecchia, héros du Tour de France, surnommé dans *L'Auto* le « maçon du Frioul » ; je me prenais pour André Leducq, un jeune coureur de l'équipe Alcyon-Dunlop espoir du cyclisme français. Alcyon, c'était justement la marque de mon vélo mais, je me faisais une raison, mes pneus étaient des Michelin. Il y eut, cet été-là, des chutes sur le gravier, des genoux couronnés et je dus même, pendant plusieurs jours, pédaler avec un bandeau sur la tête, la poignée de frein m'ayant tailladé le cuir chevelu lors d'un accident de sprint.

L'après-midi, nous partions, notre goûter dans la musette, pour une longue étape. Genre La Varenne-Bonneuil, La Varenne-Sucy ou même La Varenne-Grosbois où Robert, qui recevait plus d'argent de poche que moi, offrait un diabolo-menthe. Qu'elle était exquise cette limonade émeraude dont le grand verre s'embuait de bonheur ! J'ai essayé cinquante ans plus tard de goûter à ce divin breuvage mais la première gorgée m'a écœuré. Il ne faut pas tenter de retrouver le diabolo-menthe de ses douze ans !

*

*   *

En dehors du vélo, le sport était roi au bord de la Marne. René était devenu membre du très chic Tennis-Club de La Varenne. Il avait économisé tout l'hiver pour payer sa cotisation et acheter une raquette Slazenger, celle de Borotra et de Lacoste. Papa s'était offert, lui, en même temps qu'à moi, une bicyclette de père de famille à guidon relevé, et pédalait le dimanche matin en compagnie de monsieur Maillard et de l'oncle Lucien. Le départ était toute une affaire. Il y en avait toujours un qui avait perdu ses pinces à vélo ou dont une roue s'était dégonflée. Si brève qu'était la pédalée, elle faisait, assurait papa, « travailler davantage les muscles que les parties de jacquet ».

Emporté par le climat sportif qui régnait alors dans la famille, mon père avait même suggéré à André d'apporter un jour ses gants de boxe à la campagne.

— Tâche donc de t'en faire prêter une paire à ton club. Les jeunes amateurs du Central me donnent envie de cogner sur un sac de sable et de boxer un instant avec toi. Tu me donneras une leçon.

C'est ainsi qu'un beau dimanche, André en culotte orange et bleue, couleurs du Ring-Club de la Bastille, et papa en maillot sans manche de canotier à la Renoir prirent une bonne suée en tapant sur un sac de terre pendu au portique de la balançoire. Les Leblond, l'oncle Justin, maman et moi, auxquels se joignit bientôt monsieur Maillard, regardaient ce curieux spectacle en hochant la tête. « Ils s'entraînent », expliquai-je à l'assistance. Papa arrêta le premier et s'écroula sur la chaise que lui avançait maman. André, fort de sa jeunesse et de sa pratique, continua un moment à mouliner du bras et s'assit à son tour, à peine plus frais que le chef.

— Non, c'est le vin ou le sport ! proclama le père lorsque je lui apportai un verre et la bouteille dominicale de picpoul.

André et lui vidèrent donc une carafe d'eau et se reposèrent encore un moment. Allaient-ils repartir à l'entraînement ? Papa aurait sans doute aimé arrêter mais sa fierté l'empêcha d'abandonner quand André lui proposa de croiser les gants.

— D'accord ! dit-il, on feinte, on travaille son jeu de jambes mais on n'appuie pas les coups.

Le cercle des spectateurs se reforma pour assister à un ballet bizarre. Papa frappait furieusement dans les gants d'André qui fléchissait les genoux, s'inclinait dans d'élégantes arabesques afin de parer des coups illusoires et, surtout, montrer que lui savait boxer. Sans doute en fit-il un peu trop car, soudain, il n'évita pas un crochet peu académique du père. Vexé, il s'appliqua sur-le-champ à parer mieux les directs de plus en plus mous de son adversaire. Fatigué, celui-ci baissa alors brusquement sa garde pour dire qu'il arrêtait. Hélas le poing d'André, lui, était déjà parti. Pas violent du tout, non, mais diablement ajusté. Et le pire arriva : il atteignit le visage du chef dont le nez se mit à saigner.

Le drame surgissait après la comédie. « Oh ! » s'écria l'assistance sidérée. Le père demeura un instant immobile avant de dire, d'une voix plaintive :

— Jeanne ! Vite une serviette ! Qu'on m'enlève les gants !

André, lui, restait les bras ballants, comme hébété, puis il se précipita :

— Pardon papa, je n'ai fait qu'allonger mon droit mais tu as brusquement baissé ta garde et, par malheur, je t'ai touché.

Déjà maman arrivait avec la serviette, de l'eau oxygénée et une bassine d'eau. L'oncle Lucien, lui, avança une chaise et délaça les gants. Boxeur battu, renvoyé dans son coin et soigné par ses aides, le chef regarda André et lui demanda si son nez saignait toujours. Maman dit que non et le père retrouva sa superbe :

— Fils, je me suis tout de même bien défendu ! Mais j'ai l'âge de raccrocher, c'est mon dernier combat, j'abandonne la boxe !

Puis il me dit :

— Jean, va chercher la bouteille, nous avons bien mérité un verre de picpoul. Vive le sport !

C'est ainsi que l'histoire de papa boxeur prit sa place dans les annales de la famille.

*
* *

Nous avions beau explorer avec Robert les rues avoisinantes et jeter un œil sur les jardins, il n'y avait pas beaucoup de filles dans le quartier. La seule disposée à prendre nos roues lors des entraînements s'appelait Thérèse Crognard. Elle habitait rue Marceline mais nous la lâchions vite fait aux premiers tours de roues. Avec ses jambes en rayons de bicyclette, elle ne pouvait résister à nos démarrages. Surtout, elle était moche et Robert, cruel, disait :

— Quand on a une sœur comme la mienne on n'a pas envie de s'afficher avec une « Trognard ».

Mon ami avait raison sur un point : elle était vraiment jolie Suzanne Holstrom ! Grande, fine, blonde, bronzée au soleil de la Marne plus doux que celui de la Côte d'Azur, je dirais aujourd'hui qu'elle avait l'allure d'une championne russe de tennis. Suzanne était justement inscrite au club de La Varenne et j'avais l'impression que René n'était pas insensible à ses regards liftés. Robert, de son côté, avait remarqué qu'elle se précipitait à la grille quand mon frère s'arrêtait devant la grande maison Holstrom pour demander si elle irait au club dans l'après-midi. Je trouvais que René avait bien de la chance et ne fus pas étonné le jour où il annonça qu'il ne déjeunerait pas parce qu'il avait invité un partenaire de tennis au Vieux Clodoche. La ficelle était si grosse que le dimanche, après avoir avalé notre repas, nous filâmes Robert et moi rôder autour du restaurant situé en bordure de Marne, renommé pour ses fritures de goujons et ses glaces au citron. Tout de suite, à travers les arbustes, nous aperçûmes René et Suzanne en train de se tenir la main par-dessus leurs tasses à café. Robert sembla plus intéressé que moi par l'événement.

— Ils flirtent ! me dit-il.

Un mot qu'on employait alors et qui ferait sourire les ados d'aujourd'hui. Dans la bouche de mon ami, il revêtait une certaine gravité.

— Tu vois, ajouta-t-il, je suis fou jaloux des petits amis de ma sœur mais plutôt content qu'elle plaise à ton frère. J'aime bien René, je trouve qu'il a de la classe.

Robert avait quinze mois de plus que moi et le faisait sentir en employant des formules de grandes personnes.

— Tu crois qu'ils s'épouseront ? demandai-je.

Sa réponse me vexa :

— Cela m'étonnerait car mes parents sont riches et mon père s'est mis dans la tête de la marier au fils des Fourrures Sven, le plus grand magasin de Paris.

J'encaissais le coup sans broncher et lui dis un peu plus tard, tandis que nous regagnions le ponton pour la croisière dominicale à bord du *Lily* :

— Dis donc Robert ? Me juges-tu assez riche pour rester mon ami ? Je ne suis plus sûr, désormais, d'accepter que tu me paies un diabolo-menthe !

Ce fut au tour de Robert d'être embarrassé.

— Tu m'as posé une question, je t'ai répondu franchement mais maladroitement, j'en conviens. Je ne voulais pas te blesser et te conjure de me pardonner.

Il était intelligent et ajouta les mots qu'il fallait :

— Loin d'être méprisant, si tu savais comme j'admire les liens qui unissent ta famille et comme je t'envie d'avoir des parents comme les tiens.

Des paroles douces à mon cœur mais sans objet : les amours de Suzanne et de René qui, sans doute – nous étions en 1926 –, ne franchirent pas les limites de la virginité, durèrent seulement le temps d'un été. C'est, je crois, René qui délaissa Suzanne pour une certaine Nicole, classée deuxième série au tennis.

*

* *

De la vie privée d'André, je ne savais pas grand-chose. Les parents n'en parlaient jamais devant moi et René m'envoya même promener le jour où je lui demandai si le frère connaissait une dame. Il était pourtant difficile, dans une famille transparente comme la nôtre, de faire des cachotteries à un garçon de douze ans, curieux comme une pie. En recoupant des conversations entendues je finis par savoir qu'André, lorsqu'il n'était pas à la maison – et c'était souvent le cas –, vivait avec une dame mariée. Un mode de vie ne pouvant plaire à papa qui, sans jamais parler de morale, était assez puritain. Dès lors, il ne voulait pas connaître cette femme et aurait mal accepté que maman ne partageât pas son attitude. Cela dit, André était chez lui au faubourg comme à La Varenne. On ne parlait pas, simplement, de sa vie extérieure.

Je l'aimais bien, mon grand frère. Hormis son goût pour la boxe, c'était l'être le plus doux du monde. Qui se révélait en tout point l'opposé de René. André était brun, fantasque, volontiers bambochard, René blond, raisonnable, rangé. Ces différences ne les empêchaient pas de rester très attachés l'un à l'autre, toujours prêts à s'aider, à se soutenir. Tous deux aimaient le petit frère qu'ils avaient gardé durant l'épreuve de la guerre. Maman m'avait souvent conté comment ils s'étaient débrouillés, dans la disette, pour me trouver du lait et comment ils m'avaient entouré de leurs soins comme l'eût fait le père s'il n'avait pas été au front. Tout cela pour dire que nous formions tous les trois, avec un père exceptionnel et une mère admirable, la meilleure des familles.

*

*   *

C'est d'ailleurs un conseil de famille qui décida ce qu'on allait faire de moi à la rentrée. L'école communale s'arrêtait au « certif » et il était trop tard pour que je passe le concours d'entrée à l'École Arago.

— C'est pourtant là qu'il doit aller ! avait dit René. Comme dans un lycée, il pourra passer le bac ou le concours de l'École des arts et métiers afin de devenir ingénieur.

En attendant, il fallait me trouver un banc et un pupitre dans un établissement du quartier. Maman émit l'idée de m'inscrire au cours complémentaire de la rue Charles-Baudelaire, doté d'une bonne réputation, où je pourrais préparer le concours d'admission à Arago. « Baudelaire », cela plut tout de suite au chef qui n'était pourtant pas fou de poésie – il préférait les œuvres romanesques –, mais était capable de réciter *La Vie antérieure*, *L'Invitation au voyage*... À ce nom, il raconta la rare histoire de guerre dont il aimait se souvenir. Durant l'été de 1917, son lieutenant lui avait prêté un livre à la couverture abîmée et aux pages froissées à force d'avoir été tournées pour rompre l'ennui des heures calmes durant lesquelles les saucisses d'observation restaient arrimées au sol : *Les Fleurs du mal.* À force de les lire et relire, il avait retenu cinq ou six poèmes.

— Baudelaire ? Mais oui ! dit-il. L'école qui porte ce nom ne peut qu'être profitable à Jean.

Et, sans transition, de sa voix chantante et douce il se mit à nous réciter, comme en confidence :

Voici venir le temps où vibrant sur sa tige

Chaque fleur s'évapore ainsi qu'un encensoir
Les sons et les parfums tournent dans l'air du [soir ;
Valse mélancolique et langoureux vertiges !

Il déroula devant la famille subjuguée les quatre strophes d'*Harmonie du soir* et nous regarda :

— Je crois que la découverte de Baudelaire est le seul souvenir qui mérite de survivre aux horreurs de la guerre.

Et, à moi, il demanda :

— Que penses-tu, Jean, de ce poème ? À l'école on vous apprend des mièvreries mais sûrement pas Baudelaire !

Comme je fus alors heureux de pouvoir lui répondre :

— Si, cette année, monsieur Voisin nous a fait apprendre *Les Chats* !

— Ah ! dit simplement le père, déconcerté.

Et c'est moi qui récitai :

Les amoureux fervents et les savants austères
Aiment également dans leur mûre saison
Les chats puissants et doux, orgueil de la [maison,
Qui comme eux sont frileux et comme eux [sédentaires.

Aux derniers vers, « Et des parcelles d'or ainsi qu'un sable fin/Étoilent vaguement leurs prunelles mystiques », la famille applaudit. Papa, sûrement le plus heureux, trouva le moyen d'associer Baudelaire à son compliment un rien ampoulé :

— Les vastes portiques baudelairiens s'ouvrent pour toi sur la vie. Continue à nous étonner, mon fils !

*

* *

Ma nouvelle école me plut tout de suite. C'en était fini du maître unique qui, du coup de sifflet matinal à la cloche du soir, ne quittait ni sa classe ni ses élèves, passant de la morale à la géo et de l'orthographe à l'histoire. Ici, les maîtres étaient des « professeurs » dotés chacun de leur spécialité. La variété succédait à la monotonie et multipliait les occasions de découvrir les manies, les tics, les goûts de chaque enseignant et de s'en moquer. Monsieur Lesourd répétait ainsi à chaque phrase, ou presque, le mot « vraiment » ; le prof de maths, monsieur Raincy, couvrait dès son arrivée le tableau noir de signes et de chiffres qu'il n'avait jamais le temps de nous expliquer ; et monsieur Dignemont nous apprenait l'anglais en chantant des mélodies du Wiltshire, région qu'il semblait affectionner. À l'un de nous qui lui demandait un jour les raisons de cet attachement, il répondit que c'était là, et particulièrement à Salisbury, qu'on concoctait le meilleur plum-pudding. L'humour anglais nous cloua le bec. Tout cela était bon enfant, car nos railleries n'empêchaient en rien le respect.

Un autre motif me faisait aimer ma nouvelle école. Pas la casquette bleue marine brodée d'un *B* en principe obligatoire dans les classes les plus jeunes, mais la proximité de ma chère place d'Aligre. Située à deux pas, je pouvais la traverser sans allonger mon chemin. Malheureusement, la brocante n'avait droit de cité que le dimanche. Les jours de semaine étaient réservés aux légumes, ce qui ne me concernait pas, sauf lorsque maman m'avait demandé auparavant de rapporter une botte de radis. Il y avait aussi quelques échoppes de vêtements, des étalages de produits et d'objets d'entretien, bref des machins sans intérêt. On pouvait, heureusement, y retrouver madame Pougeat qui, couverte de sa pèlerine noire tricotée main, ouvrait vers onze heures son commerce de bouquinerie. Les romans populaires qu'elle alignait sur ses tréteaux nous intéressaient peu. Mon nouvel ami Durieux et moi nous arrêtions plutôt devant la table de droite réservée aux livres d'aventures. Là, notre attention se portait sur deux collections : celle de *Rouletabille* de Gaston Leroux et d'*Arsène Lupin* de Maurice Leblanc. Après lecture, la bonne madame Pougeat nous les échangeait pour deux sous. Je me souviens aussi d'un auteur qui faisait mon bonheur, Paul Boussenard, lequel a dû écrire au moins cent romans d'aventures africaines. Chasseurs de fauves, écumeurs de villages bantous, chercheurs d'or du Transvaal, explorateurs accompagnés de leur séduisante fille ou de leur pimpante secrétaire, lieutenants courage à la poursuite d'un mystérieux bandit réfugié au sein d'une tribu bambara, m'ont fait vibrer durant une année au rythme des tam-tams et des derboukas. Je me rappelle ces couvertures bleuâtres où les lions voisinaient avec des pisteurs d'éléphants et des voyageurs effrayés sous leur casque colonial. Merci monsieur Boussenard de m'avoir fait rencontrer les Pygmées et les grands singes d'une Afrique où, je l'ai su bien plus tard, vous n'aviez... jamais mis les pieds.

Mon copain Durieux n'aimait pas trop les peurs noires du Congo. Son héros, c'était Rouletabille dont il m'apprit à goûter la perspicacité exceptionnelle et le talent à utiliser le bon bout de la raison pour résoudre les énigmes policières les plus compliquées. Que de discussions autour des *Mystères de la chambre jaune* et du *Parfum de la dame en noir* ! Pour Lupin pareil ! Les mystifications, les substitutions, les transformations les plus abracadabrantes ont ravi notre année « Charles Baudelaire ». Les châteaux d'Arsène, les chambres closes de Rouletabille et l'Afrique de Boussenard valaient bien les commissariats glauques des séries télévisées offertes aujourd'hui aux enfants !

*

* *

Parfois, nous jetions un œil sur un curieux éventaire installé à l'entrée du marché couvert sur deux tables branlantes et à même le trottoir. Un homme sans âge enfoui dans une sorte de chasuble crasseuse et une barbe grisâtre attendait le client. Ce qu'il proposait était hallucinant : des restes de nourriture venus d'on ne sait où, rassemblés en portions sur des cartons ou des morceaux de journal. On y reconnaissait des têtes de poisson, des côtelettes mal rongées, des bouts de gigot, des morceaux de pâtisserie, le tout pêle-mêle, sans doute sur le point d'être corrompu.

J'avais demandé à maman de m'éclairer sur ce sordide commerce.

— C'est le marchand d'arlequins. Il paraît que cet odieux trafic remonte à plus d'un siècle.

Intrigué, je décidai d'interroger mon vieil informateur, monsieur Laurent, que nous avions abandonné au quatrième et que je voyais moins souvent car il ne pouvait plus guetter mon arrivée. Sa fille Suzanne me reçut avec une effusion qui me toucha :

— C'est le père qui va être heureux ! Il me disait encore ce matin : « On ne voit plus guère le petit Jean Benoist, c'est dommage, j'aime bien satisfaire sa curiosité ».

Monsieur Laurent sommeillait dans sa salle à manger, la tête posée sur un gros livre à couverture marron que je connaissais bien, le *Dictionnaire de biographie, d'histoire, de géographie, des antiquités et des institutions*. Ses deux tomes rassemblaient en plus de trois mille pages à peu près tout ce qu'on connaissait du monde en 1880, la date de sa parution. Le vieil homme se réveilla à mon arrivée et me sourit :

— Qu'est-ce qui t'amène ? Ton faubourg bien sûr !

— Oui, mais il ne s'agit pas du bois, ni des dames de l'abbaye. Est-ce que vous connaissez le marchand d'arlequins de la place d'Aligre ?

— Ce vieil empoisonneur vit toujours ? Figure-toi qu'il a succédé à son père ! C'est dire que le commerce des arlequins ne date pas d'hier ! À Versailles déjà, les nobles aux ressources comptées qui occupaient souvent de simples chambres en ville allaient s'approvisionner aux restes des repas royaux vendus dans une dépendance du château par les ayants droit de la cuisine du Roi-Soleil. La vente des reliques de ripailles a, je crois, toujours existé.

Monsieur Laurent réfléchit un instant et demanda à sa fille de lui chercher l'ouvrage d'Hébert intitulé *Des substances alimentaires*.

— C'est un vieux livre qui date sans doute de 1840 ou 1850. On doit y trouver des renseignements sur nos arlequins. Les Goncourt en parlent aussi dans leur *Journal* mais cela prendrait trop de temps de rechercher le passage.

Suzanne dénicha le livre que mon vieux voisin compulsa avant de me faire le discours que j'attendais :

— Hébert mentionne des turbots et des chevreuils trimballés au siècle dernier des offices du Café Anglais et des restaurants à 25 francs jusqu'aux mannezingues à 17 sous, qui les repassaient régénérés par le gros sel à un chiffonnier de Maubert. Il parle aussi de ces restes de restes que tu as vus exposés place d'Aligre et des marchands d'arlequins, ces affreux margoulins dont il existe encore quelques spécimens aux Halles et dans des marchés parisiens.

Au dîner, j'ai commencé à évoquer le marchand barbu et les détritus qu'il osait vendre à des malheureux mais papa m'arrêta :

— Ce n'est pas le moment de parler de cela. Sens plutôt le fumet du lapin en gibelotte que l'ange du foyer nous apporte.

André, qui était présent ce soir-là, nous surprit en nous donnant des nouvelles inattendues de Jô France, mon vieil ami marbrier qui avait abandonné son tablier de cuir pour devenir gérant d'un bistrot de la rue Charonne. C'était son idée, le troquet. Il m'avait d'ailleurs confié qu'il réussirait un jour dans la « limonade » et, effectivement, sa mère nous avait donné de bonnes nouvelles de lui. J'avais moi-même été lui rendre visite et j'avais trouvé un Jô heureux de son sort : les affaires marchaient et son bar, « Chez l'Ami Jô », faisait maintenant restaurant. Un curieux restaurant puisqu'il ne servait que des entrecôtes aux échalotes, des pommes sautées et une crème chocolat. Comme je m'étonnais de ce menu réduit, il m'avait dit en riant :

— C'est pour cela que ça marche ! Ma viande est abondante et de première qualité, les assiettes dépareillées, j'y veille, et les vins bien choisis. J'ai d'abord eu la clientèle du coin puis, prévenus je ne sais comment, les gens des beaux quartiers ont commencé à rappliquer. Ils viennent de la plaine Monceau et des Champs-Élysées, où beaucoup ont leur chef cuisinier personnel, pour bouffer au faubourg « la meilleure entrecôte de Paris ». Remarque Jeannot, c'est peut-être vrai !

Il avait éclaté de rire comme au temps où il lissait le marbre, et m'avait servi un diabolo-menthe.

— Eh bien, dit André, Jô s'est fait une bonne cagnotte avec ses entrecôtes et l'un de ses riches clients l'aide financièrement à ouvrir un bar-dancing rue de Lappe, à la Bastille.

— C'est une rue mal famée la nuit ! commenta maman.

— Oh, pas tellement. Les vieux bals auvergnats « Chez Bouscat », « Au Petit Balcon » et « La Boule rouge », ne sont pas des lieux de perdition et les quelques voyous qui les fréquentent font pour la plupart de la figuration. Jô prétend que les rupins aiment se donner l'illusion de s'encanailler. La rue de Lappe lui semble un bon endroit pour recommencer, en grand, l'aventure de « L'Ami Jô » !

12

Les quatre-vingts chasseurs

La grande image que j'ai de papa, c'est la blouse blanche, cette blouse de sculpteur que le chef aimait enfiler les matins d'été pour se rendre à son atelier. Le gilet à fleurs faisait aussi partie de ses défis au temps et à la mode. Les gilets à fleurs étaient introuvables, même chez Esder, le nouveau magasin d'habillement masculin récemment rue de Rivoli, mais maman réussissait à lui dénicher des blouses dans une boutique de la rue Saint-Paul qui fournissait les artistes. C'étaient des blouses à plis, en coutil écru, sans boutons, « impossibles à repasser » disait maman. Mais que n'aurait-elle fait pour son dandy de sculpteur ! Quelquefois, il se coiffait de son chapeau melon. Noir sur blanc, c'était surprenant, mais c'est ainsi que nous aimions le père.

Papa avait, depuis la guerre, abandonné un atelier pourri datant du début du siècle dernier, rue de Chaligny, pour travailler à ses meubles dans des maisons de décoration célèbres ou sur un établi que lui louait un ami ébéniste. C'est en 1926 qu'il décida de reprendre à son compte, rue de Reuilly, non loin de mon ancienne école maternelle, un local occupé jusque-là par un doreur. De là, il pouvait fournir ses différents clients. On y accédait par un long et large couloir où se succédaient des menuisiers, des tourneurs, des vernisseurs. Bien orienté à l'est afin de voir clair derrière les grandes vitres sans être gêné par le soleil, l'espace donnait sur une petite cour pavée que le père avait aussitôt garnie de pots de pieds-d'alouette et de capucines. Il avait aussi acheté trois établis costauds ayant fait leurs preuves chez un camarade qui se retirait, et aligné son bataillon d'outils dans un ordre qui lui permettait de trouver, les yeux fermés, le ciseau, le fermoir ou la gouge demi-coudée dont il avait besoin.

Sans oublier le pot de glaise laissé à portée. Car modeler des mains, des statuettes, des bustes était sa nouvelle marotte, aimable manière qui ne pouvait, hélas, faire vivre la famille. Il s'agissait en vérité d'un caprice auquel il cédait le matin en arrivant une heure plus tôt à l'atelier. Comme papa avait autrefois modelé pour créer certaines décorations de meubles destinées à être fondues en bronze ou sculptées dans le bois, son travail n'était en rien celui d'un néophyte et il avait raison de trouver bienvenue la statuette en cours d'une ravissante nymphe dont il avait trouvé le modèle à la bibliothèque Forney.

Très souvent, en rentrant de Baudelaire, je faisais un saut jusqu'à l'atelier. J'aimais retrouver le père dans son univers, penché sur l'étau où était calé un pied de console travaillé à la gouge. Je regardais avec bonheur les fins copeaux de hêtre ou de frêne gicler sous le biseau de l'outil. Nous bavardions comme à la maison ; lui me questionnait sur les auteurs que nous étudiions et je découvrais qu'il en savait plus que moi sur Hugo ou Flaubert. Je m'en étonnais et il me répondait :

— J'ai lu toute ma vie et quand je ne pourrai plus travailler j'achèterai un fauteuil Voltaire, pas à cause du nom mais parce que c'est le plus confortable, et je lirai toute la journée.

Du reste, il l'a fait le père ! La dernière image que je garde de lui est en effet celle où, installé dans un fauteuil, Voltaire bien sûr, près de la fenêtre donnant sur le faubourg, il lisait *Guerre et Paix* !

Comme je m'étonnais une autre fois qu'il ne portât des lunettes que pour exécuter un travail très minutieux, il me confia :

— J'ai toujours regardé le soleil en face. Je crois que le soleil aime bien qu'on lui tienne tête et il m'en a remercié en me gardant une bonne vue !

Des réflexions comme cela, il en délivrait à tout bout de champ, notamment pour se démarquer du vulgaire. Ainsi prétendait-il apprécier l'odeur des fleurs de l'aristoloche, une plante bizarre aux feuilles en cœur qu'il avait acclimatée à La Varenne et qui ne sentait pas bon. Il en faisait des bouquets pour son atelier. Maman disait, elle, que c'était pour chasser les mouches.

*

* *

La famille se voyait toute l'année mais une date rituelle, le 1er janvier, la réunissait rue Sedaine chez la tante Lucie, laquelle disposait d'une vaste pièce à côté de l'appartement de fonction de l'oncle Lucien Leblond. Celui-ci était contremaître-gardien du dépôt de la papeterie de Renage, qui fabriquait des tonnes de papier dans les montagnes du Dauphiné. Du papier blanc, épais et de grand format destiné aux grossistes et aux imprimeurs.

Deux souvenirs de la rue Sedaine me reviennent à l'esprit : la camionnette Panhard aux cuivres briqués rangée dans la cour dans laquelle je montais en douce pour jouer au chauffeur et les énormes piles de papier entassées dans le magasin que l'oncle me montrait en me précisant les formats. Grand aigle, grand soleil, grand colombier, double cloche... Baudelaire a-t-il écrit *L'Albatros* sur du format grand aigle ?

Il y avait aussi le massicot, une grosse machine qu'on m'avait toujours présentée comme un monstre cruel, toujours prêt à couper des mains, des bras. Des têtes qui sait ? Il m'était naturellement interdit de l'approcher, même quand elle était arrêtée.

Vers sept heures, chaque jour de l'an, la smala Benoist, mais aussi les Thirion, les Badin, les oncles, les tantes, les neveux et cousines convergeaient, fleurs et chocolats enrubannés à la main, vers le 42 de la rue Sedaine, près de la place Voltaire, aux frontières du faubourg.

Pour gagner la salle des banquets, comme papa l'appelait, il fallait traverser la cuisine dans les brumes dormantes des gigots en train de rôtir au feu de deux grands fours que Mathilde, la cuisinière engagée pour la circonstance, alimentait avec l'ardeur d'un chauffeur de locomotive. Cela donnait faim mais il fallait encore attendre avant de passer à table que les gigots soient dorés et que les grandes personnes aient siroté leur verre de Dubonnet. Enfin la tante Lucie annonçait qu'on pouvait prendre place et chacun s'asseyait sur la chaise qui lui était réservée par un carton. Moi, je savais où je devais me mettre, au bout de la table, à côté d'Henriette, ma cousine joufflue que je trouvais plutôt tarte, et du petit Pierre, un insupportable gamin.

Le menu ne variait jamais : hors-d'œuvre, gigot haricots panachés et, pour dessert, des quatre-quarts qui avaient précédé les gigots dans les fours. Tout le monde, chez nous, trouvait les gâteaux de la tante Lucie un peu fades. Il est vrai que le quatre-quarts de maman ne souffrait aucune comparaison. Sa préparation de la pâte relevait en fait d'une manipulation digne d'un prix Nobel de chimie : elle ajoutait dans son creuset des raisins préalablement imbibés de rhum, des extraits de ci, des soupçons de ça, et même de la pimprenelle ! Maman n'a malheureusement jamais consigné sa recette sur l'un des petits papiers qui encombraient pourtant l'un des tiroirs de la cuisine.

Le vin du 1er janvier était, paraît-il, bon, sans plus, mais abondant. Pour moi, c'était, comme on disait, de l'eau rougie. Je ne sais pas comment ce mélange contre nature ne m'a pas dégoûté du vin à jamais.

Après ces agapes, arrivait le moment où les visages prenaient des couleurs, où le bruit des conversations devenait assourdissant, où les hommes tombaient la veste, et où je commençais à trouver les grandes personnes... affligeantes. Après le café et le verre de goutte, les tantes amorçaient la question des chansons. Qui allait chanter le premier ? Marguerite, la fille de la maison, ma cousine qui avait à mon grand regret quitté le coin des enfants pour rejoindre le monde des adultes, ou l'oncle Justin ? Cela n'avait pas d'importance car le cousin Roger ouvrait joyeusement la soirée avec *La Fille du Bédouin* (qui suivait nuit et jour cette caravane...). Après, je me rappelle le joli timbre de maman qui obtenait un grand succès avec *La Femme aux bijoux*. Ses paroles flottent encore dans mes oreilles : « C'est la femme aux bijoux, celle qui rend fou, c'est une enjôleuse... » et plus encore la fin qui faisait sortir son mouchoir à la tante Pauline : « Le cœur n'est qu'un joujou pour la femme aux bijoux ». Papa avait l'élégance de varier son répertoire d'une année à l'autre. Je me souviens ainsi de *C'est la plus bath des javas*, (avec Julot qui volait une rame de métro !) mais je ne sais plus qui entonnait vaillamment *Monte là-dessus* (et tu verras Montmartre) ni la voix de quelle tante essoufflée qui fanait irrémédiablement *Les Roses blanches*. Venait enfin le clou de la soirée, *Les Quatre-vingts Chasseurs*. Ils faisaient trembler le quartier, les bougres, sous la voix terrible de l'oncle Lucien et les éclats du chœur qui reprenait le refrain paillard en martelant la mesure sur la table. La ritournelle olé commençait par « Au rendez-vous de la marquise, nous étions quatre-vingts chasseurs », se poursuivait par la chasse, le déjeuner, le dîner, et finissait sur une note à peine grivoise qui me faisait pouffer : « Et dans le lit de la marquise, nous étions quatre-vingts chasseurs, quatre-vingts, quatre-vingts, quatre-vingts chasseurs ».

À l'heure des adieux, nous étions déjà le 2 janvier et, tandis que nous prenions le chemin du retour, tout droit par les rues Godefroy-Cavaignac et Faidherbe, papa couronnait la fête par une remarque philosophique telle que : « Il fait bon de se reconnaître ! » Les parents marchaient devant, serrés l'un contre l'autre. André, qui avait raté une soirée avec ses amis, ronchonnait en maugréant qu'il en avait assez et qu'il ne viendrait pas l'année prochaine. Papa lui répondait que cette soirée rituelle manquait sans doute un peu de fantaisie, avant d'ajouter :

— Mais c'est aussi cela la famille. Aussi vieux que tu vivras, tu n'oublieras jamais *Les Quatre-vingts Chasseurs* de l'oncle Lucien, ni le quatre-quarts raté de la tante Lucie !

*

* *

Un jour, par mes frères qui, pour une fois, étaient sortis ensemble, nous eûmes de nouvelles de Jô France. René avait rencontré par hasard l'ancien marbrier du passage qui lui avait dit :

— Ça y est, j'ai ouvert mon dancing que j'ai appelé « La Bastoche ». Viens donc un soir avec André boire une coupe de champagne. Je vous invite. Vous verrez, c'est très Bastille !

Ils étaient revenus enchantés et, surtout, épatés par le génie créateur de Jô. Celui-ci avait transformé un vieux bistrot joint à un ancien atelier de coutellerie en lieu le plus prisé du moment. Il avait en effet fallu à peine quelques semaines d'existence à La Bastoche pour devenir le rendez-vous de tout ce que Paris comptait d'artistes en renom, d'écrivains célèbres, de femmes du monde, d'hommes d'affaires curieux de découvrir dans un quartier à mauvaise réputation un nouvel établissement à la mode qui, justement, tournait le dos à la mode.

— Jô, expliqua André, a eu l'intelligence de ne pas ouvrir un de ces bars américains qui pullulent à Paris. Pas de meubles bas en verre ni de hauts tabourets mais, en guise de tables, des plateaux posés sur des sortes de tambours révolutionnaires gris perle et rouge. Les murs, le plafond, tendus de cotonnades à rayures tricolores et décorés de bonnets phrygiens rappellent qu'on est à la Bastille. La salle, très vaste, est censée évoquer la Révolution, une révolution théâtrale qui ne décapite que des bouteilles de champagne.

— On danse à La Bastoche ? demanda maman, candide.

— Naturellement ! répondit René en riant. On danse la java. La plus chouette, comme chante papa au jour de l'an. Et Jô n'a pas voulu de saxophones ni de trompettes à coulisses. Deux accordéons, un vieux piano, un violon et une batterie donnent l'ambiance et il faut voir les dames dénudées javaner avec application dans les bras de leurs messieurs en smoking !

— Et comment se comporte Jô ? questionna maman.

— Eh bien, Jô est aussi en smoking. Imagine-le circuler entre les tables en simulant quelques pas de danse, saluer une célébrité, s'incliner devant une dame dont le collier de perles n'a rien de révolutionnaire. Il était vraiment content de nous revoir. Il nous l'a dit dans des termes touchants : « Enfin des amis du faubourg ! Je réussis, c'est vrai, mais je vis dans l'artifice. La vérité, c'est l'escalier du 249 ! J'ai loué pour maman un bel appartement boulevard Beaumarchais, mais elle n'y vient que pour me voir et me faire plaisir parce qu'elle ne veut pas quitter son logement du deuxième sur la cour... et je pense qu'elle a raison ».

Mes frères nous énumérèrent ensuite les gens célèbres que Jô leur avait désignés au hasard des tables tambours :

« Tenez, avait-il dit : le maigre aux longs cheveux qui danse avec ses mains, c'est Jean Cocteau, le poète. Il est avec les deux femmes les plus extraordinaires de Paris. L'une s'appelle Misia. C'est la femme d'un peintre, Sert, qui se fait payer très cher pour décorer les plafonds snobs des quartiers chic. Il voulait peindre le mien. J'ai refusé, je voulais de la cretonne de sans-culotte ! L'autre dame, c'est Coco Chanel, une reine de la haute couture. Elle est partie de rien, une orpheline, comme moi ! Hier, à votre table, il y avait Diaghilev. Mistinguett et Maurice Chevalier arrivent souvent après le Casino de Paris... »

Papa écoutait, sans rien dire. Soudain il demanda :

— Que dirais-tu, Jeanne, si nous allions faire un tour à La Bastoche ?

Maman le regarda effarée :

— Tu me vois dans ma robe de velours au milieu de tous ces gens ? Et toi ? Tu mettrais ton gilet à fleurs ?

— Bon, je n'ai rien dit, mais tout de même, j'aurais bien dansé une java rue de Lappe chez ce phénomène de Jô France ! Est-ce qu'au moins l'orchestre joue ma java bath ?

— Mais oui, Georgius est à la mode. Et comme chez tante Lucie, les mondains en rupture de salons à girandoles reprennent en chœur le refrain !

*

* *

Le printemps pointait le bout de l'oreille et le chef avait des envies de campagne. Mais il n'était pas question de nous installer à La Varenne car j'étais inscrit au concours d'entrée à Arago de juin. L'année à Baudelaire avait représenté une aimable parenthèse. Des profs peu exigeants, de bons copains, les livres à deux sous de madame Pougeat... les occasions avaient été bonnes de passer le cap des treize ans dans une franche allégresse. L'examen relevait d'un niveau un peu plus élevé que le certificat d'études, tout à fait à ma portée. Je le réussis en effet et choisis la section « enseignement général » qui, en cinq ans, menait au bachot mathélem.

Mon avenir d'adolescent assuré, nous partîmes pour La Varenne où je retrouvai Robert Holstrom, désormais élève au lycée de Saint-Maur, mon vélo et mes tantes qui récompensaient généreusement les courses dont elles me chargeaient chez l'épicier Bouchardon ou au marché de Champignol, le mieux approvisionné en fruits et en légumes.

René jouait toujours au tennis le samedi après-midi et le dimanche. Son rêve : se voir classé par la Fédération et devenir membre de l'équipe du club qui disputait les grands tournois. Opiniâtre comme il l'était, je ne doutais pas qu'il y parviendrait.

Il avait par ailleurs changé d'employeur. Des boutons il était passé à l'orfèvrerie, ce qui s'avérait plus brillant. Sa nouvelle maison s'appelait justement « Orbrille ». Il y occupait un poste commercial à responsabilité qui le faisait parfois voyager. Il alla même un jour à Londres et l'on parla longtemps dans la famille, avant et après, de ce périple qui semblait fabuleux au père et à maman jamais partis plus loin que Pornichet. Le voyageur, qui avait fait de bonnes affaires, nous rapporta des cadeaux d'Angleterre, un canif en acier de Sheffield pour papa, des mouchoirs brodés pour maman et, à moi, un porte-clés frappé des lettres magiques « Rolls ». « Le coupé royal ne saurait tarder », me dit-il. J'ai longtemps gardé le cadeau de René. J'y ai même attaché, en 1946, la clé de ma première voiture, une Fiat 500 d'occasion.

Mon frère poursuivait ainsi, avec obstination et méthode, une ascension sociale qui honorait la famille. Il franchit encore un échelon quand le gendre de monsieur Coultard, le patron d'Orbrille, le prit en amitié. Pierre de Civry occupait dans la maison le poste de directeur-gérant et roulait en Bugatti. Oui, en Bugatti, la voiture bleue mythique dont on suivait les exploits dans le Grand Prix de France, la Targa Florio italienne ou le championnat anglais de Brooklands.

Il se trouve que le directeur-gérant, peu intéressé par les affaires, s'ennuyait à ne rien faire. René lui avait paru sympathique et il lui demandait souvent :

— Quel client devez-vous voir aujourd'hui ?

Mon frère ayant répondu, il ajoutait :

— C'est bien, je vous accompagne. Nous en profiterons pour aller déjeuner à la campagne et j'essayerai le nouveau carburateur de la Bugatti. Vous connaissez mon auto, monsieur Benoist ? C'est une « type 35 », le dernier modèle qui bat presque tout le temps les Delage. Je vais d'ailleurs l'engager dans la course de côte du Ventoux. Vous pourriez peut-être m'accompagner, ma femme déteste le sport automobile.

J'enviais mon frère qui visitait les clients de la rue Royale en Bugatti et accompagnait parfois le gendre du patron jusqu'à Montlhéry où celui-ci couvrait quelques tours à une vitesse de record. René, lui, commençait pourtant à en avoir assez de cette Bugatti au siège inconfortable, qui sentait l'huile chaude et allait si vite qu'elle gerçait le visage malgré les lunettes et le serre-tête en cuir dont monsieur de Civry l'équipait. Mais comment dire cela au mari de la fille du patron ? D'ailleurs, la veille encore, monsieur Coultard lui avait dit en confidence : « Je vous remercie, monsieur Benoist, d'initier mon gendre aux affaires. Je sais qu'il n'est pas doué mais que voulez-vous, Simone en est entichée et je n'ai qu'une fille. À propos, mon gendre n'est-il pas imprudent au volant de son bolide ? Il ne manquerait plus qu'il ait un accident avec cette Bugatti qui, entre nous, me coûte une fortune ! »

— Tu ne peux pas m'emmener à la course de côte ? demandai-je, une fois à mon frère, tout en connaissant d'avance la réponse.

— Mais je n'irai pas au mont Ventoux !

— Alors, tu ne peux pas m'arranger une promenade ? Ne serait-ce que cinq minutes ? Peut-être que monsieur de Civry accepterait de m'emmener ?

René n'avait pas dit non mais me laissa peu d'espoir d'entendre le moteur de la 35 vrombir sous mon nez.

Pour lui, en dehors des randonnées en Bugatti, les choses allaient bien chez Orbrille. Ses commissions lui permettaient de s'habiller sur mesure, ce qui laissait mon père admiratif, de prendre des leçons de danse afin de ne pas paraître maladroit lors des soirées du club de tennis, et de s'offrir une nouvelle raquette à boyaux Babolat, les meilleurs au monde. Un dernier achat qui m'avait été bénéfique car René m'avait donné son ancienne raquette. Il avait accompagné ce geste généreux d'une promesse me plongeant dans le bonheur :

— Grandis encore un peu, travaille bien à Arago et je te ferai entrer au club. En attendant, entraîne-toi contre le mur. Tu sais que c'est comme cela que j'ai commencé.

*

* *

Le mur c'était celui du côté de la maison. Il faisait face au flan du domaine des Leblond et il existait entre les deux un espace assez vaste pour taper dans la balle contre notre mur, la reprendre de volée ou la laisser rebondir. Cela n'allait pas sans dégrader un peu le mouchetis mais papa laissait faire. Il me demandait seulement de ne pas envoyer de balles dans les vitres de son atelier.

Holstrom, Pierre Bavier – un nouveau copain dont les parents venaient de s'installer dans une maison neuve que je connaissais bien, puisque c'était celle où le père m'avait surpris sur le toit –, venaient s'entraîner avec moi. Bavier avait une sœur, Colette, un peu plus jeune que moi et plutôt mignonne. Holstrom m'agaçait quand, parfois, il la serrait d'un peu trop près. C'est elle, en tout cas, qui eut l'idée de transformer la rue en court de tennis.

— Il ne passe jamais personne. Rien ne nous empêche de la barrer par une corde qui fera office de filet, et de tracer des lignes de fond.

Vite fait bien fait, nous jouâmes bientôt rue Roger des doubles très disputés. Étant le meilleur en volée, Colette me choisissait presque toujours comme partenaire. Ce qui enrageait Robert et augmentait ma jubilation. Un jour, comme je lui montrais à servir, selon les conseils de René, conseils que j'étais bien incapable de suivre correctement, je pris son poignet pour lui faire lever le bras et me trouvai, sans l'avoir recherché, collé à son jeune corps, enivré par l'odeur un peu poivrée émanant de ses aisselles. Saisi, je restai alors immobile l'espace de quelques secondes. Elle non plus ne bougeait pas. Jusqu'à ce que ce maudit Robert rompe le charme en criant :

— Alors, vous jouez ou vous dansez ?

Le soir, en m'endormant, j'ai songé à cet instant exquis en me demandant s'il s'agissait d'un simple un hasard heureux ou des prémices d'une aventure amoureuse.

13

Le violoncelle

Si on oublie la douce main abandonnée de Checchina et quelques baisers volés dans le labyrinthe des dépôts de bois du faubourg, Colette fut ma première petite amie. Oh ! Pas au sens où on l'entend aujourd'hui, mais comme une attirance réciproque qui permettait de s'embrasser, d'abord maladroitement puis passionnément, de s'étreindre en maillot de bain lors des baignades dans la Marne ou des tendres escales dans la forêt vierge de l'île d'Amour si bien nommée. Un éveil à des délices qui nous étaient mesurées. Tout nous était permis… jusqu'à la ceinture, règle de l'époque pour les grands enfants de nos âges.

Notre connivence ne pouvait évidemment passer inaperçue. Les parents se rendirent vite compte que j'étais amoureux. René, de son côté, me faisait un clin d'œil quand j'écourtais la fin du repas en assurant que Robert Holstrom m'attendait. Un jour où j'accompagnais maman au marché pour l'aider à porter les commissions, elle me dit toutefois :

— La petite Colette est mignonne et j'ai l'impression que vous aimez être ensemble, mais vous n'êtes encore que des enfants fragiles et je te demande de faire attention. Tu comprends ce que je veux dire ?

Papa, lui, riait sous sa cape en découvrant son garçon s'éveiller aux choses de l'amour. Jamais les vacances ne m'avaient semblé aussi belles !

Mais le temps passait vite et nous appréhendions le moment où la rentrée scolaire du 1er septembre nous séparerait. Colette allait entrer au lycée de Saint-Maur, celui de Robert Holstrom, et moi à Arago. Nous nous quittâmes, finalement, comme deux benêts, après un baiser de cousins bien moins passionné que ceux que nous avions échangés durant toutes ces semaines.

Nous nous promîmes de nous écrire régulièrement mais, comme souvent en pareil cas et serments, notre correspondance s'arrêta aux premières gelées. En vérité nous nous aperçûmes que nous n'avions pas grand-chose à nous dire. Nos nouvelles écoles nous plongeaient dans des univers étrangers et, loin l'un de l'autre, il ne nous restait qu'un beau souvenir de vacances et quelques photos un peu floues.

*

* *

L'entrée à Arago s'effectua sans histoire. La salle de classe de première année était vaste et la lumière des grandes baies qui donnaient sur le boulevard Diderot avait bien du mal à faire oublier la grisaille de la peinture qui n'avait pas dû être lessivée depuis Jules Ferry. Les professeurs ne paraissaient pas sévères mais se montraient plus distants que les maîtres de la communale. La plupart nous appelaient « monsieur ». Le plus jeune, monsieur Desprez, avait au moins cinquante ans. Chauve et frileux, il portait presque tout le temps un cache-nez et se révélait fou de poésie. Dès le premier jour, il nous avait prévenus :

— Chez moi, vous devrez apprendre vingt vers chaque jour. Ce sera, pour l'instant, le seul devoir que vous aurez à faire à la maison. On commencera par *Les Éléphants* de Leconte de Lisle. Tiens, je vais vous dicter une petite note sur cet immense poète. Cela me permettra aussi de voir ceux qui font des fautes. J'aime mieux vous dire qu'ils ne seront pas mes amis !

Étant bon en orthographe et appréciant la poésie, les dispositions de monsieur Desprez me convenaient assez.

En revanche, monsieur Roger, un géant qui avait des pieds énormes, me brouilla vite avec les maths. J'avais besoin de temps et de beaucoup d'attention pour appréhender cette discipline rigoureuse alors que lui parlait à une vitesse de mitrailleuse. Il y avait aussi monsieur

Gay-Lancermin, une sorte de professeur Nimbus chargé de l'enseignement de la physique et de la chimie, un brave homme qui se donnait un mal fou pour nous intéresser aux symboles d'acides, de sels, d'oxydes dont on n'entendrait probablement plus jamais parler. J'ai ainsi oublié le nom du gaz qu'il nous décrivit comme ayant « l'odeur de l'urine d'un homme qui a mangé des asperges ». C'est à peu près la seule connaissance scientifique dont j'ai gardé le souvenir après cinq ans de cours.

En dehors de la casquette que devaient porter, comme à Baudelaire, les élèves de première et de deuxième années, la grande différence avec l'école primaire résidait dans l'abandon du cartable, encore communément appelé gibecière. À Arago, on plaçait les livres et les cahiers dans une sorte de grand portefeuille taillé dans un morceau de tapis, appelé « sous-cul » car en principe destiné à adoucir l'inconfort des bancs. Il faut dire que nous portions encore des culottes courtes.

*

* *

Mais ces détails scolaires sont de piètre importance auprès d'un événement qui a marqué la famille, l'immeuble et même le quartier.

Papa, on l'a vu, était imprévisible. On avait beau être habitué à ses fantaisies, parfois il nous déconcertait. Même maman, qui croyait connaître son mari et avait appris à ne s'étonner de rien, resta sans voix le soir où le chef, quand tout le monde fut assis à table, lança d'un ton détaché :

— J'ai acheté un violoncelle !

« Un violoncelle ? » Le mot fusa de toutes les lèvres. Il aurait dit un avion ou un ranch au Mexique que nous n'aurions pas été plus étonnés. Les seuls liens que papa avait entretenus avec la musique étaient son insistance, bien vaine, à nous faire donner des leçons de violon. Que diable allait-il faire avec un violoncelle ? Maman prit les choses en main et posa les questions qui s'imposaient :

— Qu'est-ce encore que cette histoire ? Tu plaisantes j'espère ?

— Mais non. Mon brocanteur de la rue Popincourt a vidé un grenier et s'est retrouvé avec un violoncelle. Il me l'a proposé pour une bouchée de pain et comme il se trouve que j'ai envie d'un violoncelle, je l'ai acheté.

— Tu as envie d'un violoncelle ? demanda René, incrédule.

— Tout vient de mon voisin qui a repris dans la cour l'atelier de l'ébéniste russe. C'est un luthier et je suis fasciné par son travail. La construction d'un violon ou d'un violoncelle est une chose admirable. Il faut voir comment le luthier traite le bois, de l'épicéa à pores fins, à l'aide d'une lame qu'il appelle un canif ou d'un rabot minuscule pas plus gros que le pouce du pied.

C'est à la fois du dessin, de l'ébénisterie, de la sculpture. Et du calcul car le son d'un instrument est lié à de savantes opérations géométriques. Si c'était à refaire, je choisirais le métier de luthier !

Lancé, le père aurait pu parler des heures de la grâce de la volute, de l'élégance des ouïes, de la belle patine orangée du vernis. Maman l'arrêta :

— Tout cela ne montre pas pourquoi tu as acheté un violoncelle. Veux-tu apprendre à jouer ? À ton âge cela serait déraisonnable.

— Pourquoi cet achat qui vous intrigue-t-il ? s'étonna papa. Un violoncelle est le plus bel objet que je connaisse. Je l'ai acheté tout simplement pour l'admirer, avec ses reflets d'or, nonchalamment posé contre une chaise devant un pupitre que je vais sculpter et qui supportera une partition de Mozart. Ou de Bach, je ne sais pas encore. J'ai emmené mon luthier le voir et il m'a dit que c'était une affaire. Il va le nettoyer, arranger quelques dommages et lui remettre des cordes. Il me fournira aussi un archet.

— Pourquoi un archet puisque personne ne le jouera ? interrogea encore maman qui, visiblement, restait insensible à l'enthousiasme de son fantasque mari.

— Pour le placer sur la chaise, prêt à être saisi par les doigts déliés d'un virtuose de passage.

Le virtuose passant par hasard au deuxième étage du 249 eut raison des réticences de ma mère qui éclata de rire, et nous avec elle.

C'est donc avec une curiosité mêlée d'impatience que nous guettâmes l'arrivée dans notre univers du violoncelle paternel. La merveille se fit attendre car les luthiers n'aiment pas la précipitation et l'objet resta longtemps endormi dans l'atelier du voisin trop occupé par la finition d'un Guarneri rouge imité de la dernière époque. On l'avait presque oublié quand, un beau jour, le chef me dit de passer le voir en rentrant d'Arago.

— Chut ! ajouta-t-il, c'est un secret. Tu vas m'aider à déménager le violoncelle à la maison. Tu verras c'est une merveille !

Non sans susciter la surprise des gens rencontrés, nous le portâmes jusqu'au 249.

— Alors ma petite Jeanne, comment le trouves-tu ?

— Grand. Mais c'est, j'en conviens, un bel objet !

Maman s'était finalement pliée, une fois de plus, à la dernière lubie du chef. Elle aida même, de bonne grâce, à l'installation de « Stradivarius », comme on le baptisa. Le violoncelle fut posé devant la fenêtre, contre la chaise Empire dont l'acajou allait bien avec sa couleur fauve, face au magnifique pupitre orné par papa de symboles musicaux. Il ne manquait que la partition pour parfaire la mise en scène. Nous la trouvâmes aux puces d'Aligre le dimanche suivant. Même s'il s'agissait d'un exercice de piano, l'effet fut garanti.

L'arrivée du violoncelle ne passa naturellement pas inaperçue. Tout l'escalier, à part le locataire ours du premier, défila chez nous pour admirer l'instrument. René s'amusa à faire courir le bruit que le père allait prendre des leçons d'un professeur au Conservatoire. Et la nouvelle se répandit, crescendo, dans le quartier : « Benoist, la fine lame du 249, apprend le violoncelle ! »

*

* *

Mon entrée à Arago avait chamboulé mes habitudes. Au lieu de prendre le faubourg à droite, vers la Bastille, je filais dorénavant à gauche, côté Nation. Cela n'a l'air de rien mais un tout autre panorama sollicitait mon regard. Fini le coup d'œil vers la vitrine des Pralon, oubliée la tête de veau du tripier Besson, évanoui le flan du boulanger Blanchet. Je devais me faire à la monotonie d'un autre faubourg bordé, lui, de quelques boutiques sans âme. Je ressentais tout de même un petit quelque chose en passant devant le 253. Mon premier amour avait regagné l'Italie avec ses parents et un marchand de meubles avait remplacé le magasin de photos du père de Checchina. Il vendait des armoires en plaqué à trois sous, celles qui donnaient de l'urticaire au chef. Après, je ne connaissais que la brasserie où, quand il faisait très chaud, j'allais chercher de la bière fraîche pour le dîner, et la grande maison de briques de Mlle Lamour, la prof'de violon. Il fallait marcher presque jusqu'à la Nation pour trouver quelques devantures et notre cinéma, Le Triomphe, qui projetait maintenant des films sonores en attendant le parlant encore balbutiant à Hollywood. Hollywood, tiens, voilà une ville où je rêvais d'aller. Grâce à *Cinémonde*, qu'André rapportait quelquefois à la maison, je savais beaucoup de choses sur Pola Negri, George Bancroft, Louise Brooks et les nouvelles vedettes américaines. Moins, cependant, que sur les autos demeurées mes stars préférées.

*
* *

Nous avions fait plusieurs autres promenades dans la Citroën du cousin Paul. Comme elle n'était pas souvent utilisée, la belle voiture noire ne s'usait pas. Dès lors, mes tentatives pour démontrer au cousin les avantages du nouveau modèle B 15 restaient vaines. À mon panégyrique de la suspension, il répondait qu'il avait commandé le nouveau phonographe Columbia à deux pavillons.

À propos de Citroën, si je puis dire, André venait d'entrer, lui, chez Renault en qualité de contrôleur du magasin des pièces détachées.

Mon frère avait cherché sa voie dans différents secteurs mais restait, au désespoir des parents, en quête d'une place stable. Sur les conseils de René, il était allé demander à Jô France s'il pouvait l'aider à trouver une situation.

— C'est le cœur du faubourg qui bat là ! lui répondit tout de go l'ancien marbrier, en frappant du poing le revers de son smoking. Tes parents ont été si gentils avec ma pauvre mère que je vais essayer de te tirer d'affaire. Je te connais, tu es un garçon tranquille, il faut trouver quelque chose dans une grande boîte où tu pourras faire tes preuves et assurer ton avenir. Tiens, j'attends ce soir le grand directeur de Renault qui vient avec Pierre Fresnay et Yvonne Printemps. Je vais lui réserver la meilleure table et lui parler de toi.

C'est ainsi qu'André avait été reçu par un manitou de la marque au losange et engagé sur-le-champ. Il y restera toute sa vie, attaché au service des pièces détachées dont il deviendra directeur adjoint.

Le printemps était vraiment favorable à mon grand frère. Peu après, il confia à maman que Lydia, la dame de ses pensées, avait enfin divorcé et qu'il allait pouvoir l'épouser.

— Crois-tu que je peux l'amener dimanche à La Varenne ? Veux-tu en parler à papa ?

Maman, radieuse lui répondit qu'ils attendaient ce moment autant que lui et que Lydia, dès cet instant, faisait partie de la famille.

Moi aussi j'étais heureux. Enfin j'allais connaître la mystérieuse dame qu'aimait mon aîné. Le déjeuner de ce dimanche-là fut l'un des plus gais dont je me souvienne. René, qui connaissait Lydia depuis longtemps, m'avait dit qu'elle était jolie. Il n'avait pas menti. Maman, en dehors de voir son fils épanoui, n'était pas fâchée de l'arrivée d'une femme dans cette tribu d'hommes. Lydia y trouva vite sa place. Elle fit en une minute la conquête du chef en s'extasiant devant Stradivarius :

— Quelle merveille ! J'ai toujours eu envie de jouer du violoncelle. Pour un peu je prendrais des leçons !

*

*   *

À propos, j'anticipe un peu avec la surprise peu banale que nous réservâmes au père le 8 mars 1926, date anniversaire de ses cinquante ans. Les femmes avaient dressé une table de gala avec le service de Limoges, l'argenterie Orbrille art-déco que René avait offerte à maman pour Noël et, naturellement, les verres bleus. Les Badin étaient de la fête et maman avait préparé pour suivre les traditionnels œufs mimosa une poitrine farcie, l'une de ses spécialités que papa appréciait et qu'il appelait un « balcon fleuri ». Le chef avait été brillant durant tout le repas. Il en avait célébré l'ordonnance avec des formules choisies, souligné, après les trilles du hors-d'œuvre, les sonorités moelleuses du rôti, avait remarqué que sa Jeanne n'avait pas oublié le hachis d'oreille de cochon dans la farce et que la purée d'oignons qui chapeautait le plat relevait de la magie.

Je venais d'être prié d'aller chercher le quatre-quarts décoré de cinq bougies décennales et André débouchait le champagne quand la sonnette de la porte se mit à trembler.

— Serait-ce le maréchal de Soubise qui vient te reprocher, ange du foyer, de n'avoir pas arrosé le balcon de sa sauce ? s'écria le chef qui ajouta, pour les ignorants : Vous savez, ce maréchal qui cherchait son armée avec une lanterne.

Ce ne fut pas Soubise, ni Grouchy, mais un frêle jeune homme à la longue chevelure blonde qui parla un instant avec René venu lui ouvrir, et qui salua ensuite l'assemblée. Sans se soucier des regards fixés sur lui, il cala soigneusement Stradivarius entre ses jambes et entreprit, dans un orage furieux, de vérifier ses accords, ce dont l'instrument semblait d'ailleurs avoir besoin. Lorsqu'il eut fini, il se tourna vers le père et annonça d'une voix claire :

— En votre honneur, monsieur Benoist, à l'occasion de votre cinquantième anniversaire, je vais vous interpréter quelques morceaux de mon répertoire. Voici des mesures gaies empruntées à Vivaldi et à Corelli que j'ai arrangées et qui vont mettre en valeur votre bel instrument.

Et le violoncelle de papa, voué au silence sur sa chaise Empire, donna soudain de la voix. L'artiste, un élève de dernière année du Conservatoire du XIIe, trouvé par René, joua une heure durant et demanda poliment s'il pouvait en rester là. Personne ne l'en empêcha. C'est tout de même assez long, une heure de violoncelle. Même en mangeant du quatre-quarts et en buvant comme j'y avais été autorisé une goutte de champagne Mercier demi-sec. En partant, le jeune homme blond eut même le tact de dire à papa que son violoncelle était remarquable. Peut-être était-ce vrai !

*

* *

Je m'étais vite adapté à ma nouvelle école, à monsieur Génique, le surveillant général qui était un vrai surveillant et un vrai général. Son bureau commandant l'entrée était un poste d'observation idéal. Malheur aux retardataires placés réglementairement en garde à vue pendant dix minutes et notés sur le livre noir du surgé qui décidait du nombre d'heures de colle auxquelles seraient condamnés les fautifs. Au demeurant, monsieur Génique, dont la barbe rousse remuait au rythme de son discours, était un brave homme, populaire chez les élèves. Pas comme le directeur, monsieur Gouban, un pète-sec antipathique qui ne descendait heureusement pas souvent de son bureau à rideaux donnant au premier sur *Le Triomphe de la République*, la grande sculpture de Dalou dont le chef disait qu'elle était le plus beau monument de Paris.

Dans les écoles du quartier de Reuilly fréquentées jusqu'alors, mes condisciples étaient presque tous des enfants du bois. Leurs pères étaient ébéniste, tourneur, menuisier en sièges, vernisseur ou doreur. À Arago, la plupart des élèves venaient d'autres milieux, du commerce, des bureaux, de l'administration. Finalement, ce n'était pas mal de changer d'environnement. Mon meilleur copain, Lebraque, était fils d'un agent de police, un vrai avec pèlerine et bâton blanc. Ayant toujours des histoires de fripouilles ou de poivrot à raconter, il était, comme moi, un fervent admirateur d'Arsène Lupin. Nous imaginions ainsi, pendant les récréations, de nouvelles aventures pour le héros de Maurice Leblanc. Bientôt, d'autres copains voulurent se joindre à nous. Nous leur fîmes passer un examen probatoire afin de vérifier s'ils étaient dignes de devenir membres actifs du « Club Arsène Lupin ». Tout candidat ignorant la vie du prince Sernine, la véritable identité du chef de la Sureté monsieur Lenormand et les bévues de l'inspecteur Ganivet se voyait éliminé. Quand nous fûmes dix, le club, pour raison de discrétion, prit le nom de « Club des dix ». Lebraque, fort en dessin, fabriqua des cartes nominatives avec photo. Nommé président à l'unanimité, je signai chacune d'elles et nous tînmes des réunions secrètes derrière la boutique qu'ouvrait le concierge, surnommé père Caramel parce qu'il y vendait des sucreries, des gâteaux... et une surprenante boisson hygiénique, le coco. Huit jours d'affilée, nous évoquâmes les personnages de Brautrelet, des frères Doudeville, de Victoire la vieille nourrice de Lupin, et de Geneviève son grand amour.

Le neuvième, c'était un mardi, monsieur Génique interrompit le cours de géographie pour annoncer que monsieur le directeur voulait voir d'urgence l'élève Benoist. Évidemment, cette procédure inhabituelle m'inquiéta. Je demandai au surveillant général s'il était survenu un fait grave dans ma famille, mais il me répondit que non et me conseilla de filer tout de suite chez monsieur le directeur, ce que je fis au pas de course.

Rares étaient les élèves qui avaient franchi la porte de chêne ciré ouvrant sur le bureau de monsieur Gouban. Ma main trembla un peu quand je frappai mais, après tout, le dirlo n'allait pas me manger ! Je le trouvai debout en train de regarder à la fenêtre. Il se retourna calmement. Son visage n'avait rien d'avenant. Encore que je crus voir un sourire poindre au coin droit de sa bouche. Soudain, désinhibé, il ne me fit plus peur. J'eus même l'audace incroyable de parler le premier pour lui dire bonjour et ajouter :

— Il est beau, n'est-ce pas monsieur le directeur, le monument de Dalou !

Monsieur Gouban sursauta :

— Vous êtes sûrement, monsieur Benoist, le seul élève d'Arago qui n'ignore pas que le *Triomphe de la République* est l'œuvre du grand artiste Jules Dalou ! Cette connaissance est estimable mais je ne vous ai pas convoqué pour parler de sculpture.

Le directeur brandit alors sous mon nez une carte de membre du « Club des dix » que je reconnus être celle de Tranchard – l'imbécile avait dû la perdre –, et me demanda sèchement :

— Qu'est-ce que c'est que cette histoire ? Ainsi vous êtes le président d'une société, secrète je pense, qui rassemble des élèves en dehors de toute autorisation ! Président ! Laissez-moi rire ! Et quel est le but de ce club ?

C'était la question que je redoutais. J'hésitai un instant et me rappelai ce que le père conseillait dans l'une des maximes dont il émaillait sa conversation : « Dans l'embarras choisis la vérité ! » Plutôt que de bafouiller une explication invraisemblable, je racontai donc que nous étions dix lecteurs fervents de Maurice Leblanc et que nous nous réunissions lors des récréations pour parler d'Arsène Lupin, notre héros.

— Nous projetons de faire un voyage à Étretat pour aller repérer l'Aiguille creuse, ajoutai-je.

Monsieur Gouban ne le dit pas mais je vis, à son regard, que les exploits du gentleman cambrioleur ne lui étaient pas inconnus.

— Lupin chez les collégiens ! Voyez-vous cela ! Vous allez me faire le plaisir de dissoudre immédiatement votre société et d'abandonner vos idées de voyage. Je ne demanderai pas à monsieur Génique de sanctionner votre puérile entreprise mais intéressez-vous plutôt à l'histoire de France qui est riche d'énigmes, de mystères et de secrets.

Monsieur le directeur me lança ensuite un regard qui n'était pas sévère et ajouta en me montrant la porte :

— Benoist, vous êtes un fantaisiste !

Je l'admets, ce mot fait partie de ceux qui n'ont jamais quitté ma mémoire. Fantaisiste ? Cela me plaisait assez. J'avais, il est vrai, de qui tenir.

Sous l'œil goguenard du père Caramel, Tranchard se fit copieusement insulter et la dissolution du Club des dix fut prononcée. Ensemble nous déchirâmes nos cartes et jurâmes d'en jeter les morceaux dans la première bouche d'égout rencontrée en sortant. Mais Lupin en ayant vu d'autres, nous décidâmes de nous retrouver huit jours plus tard dans le coin opposé de la cour. Pour parler d'une nouvelle découverte dans *Le Miroir des Sports* par Boinot, un autre aragotin fanatique de notre gentleman : Maurice Leblanc était le premier écrivain à faire entrer l'automobile dans la littérature. Nous nous promîmes aussi de lire la dernière des aventures de Lupin, *La Demoiselle aux yeux verts*, qui venait de paraître aux Éditions Lafitte. Avant de nous séparer, nous convînmes encore de préparer une lettre à l'adresse de Maurice Leblanc pour le remercier du plaisir qu'il nous donnait.

*
* *

La mère Suprin, on la croyait immortelle. Il est vrai qu'en dix ans, même plus, je ne l'avais pas vu vieillir. Hier encore je l'avais croisée dans la cour. Comme d'habitude je lui avais dit « Bonjour madame Suprin » et comme de coutume elle m'avait répondu « Bonjour, et fais attention de ne pas crotter mes escaliers. Essuie-toi les pieds avant de monter ». Un rituel qui durait depuis toujours. Sa voix était un peu nasillarde, sa silhouette cassée sur son balai, elle lorgnait du côté de la Dame aux chats, donc elle restait égale à elle-même.

Son domicile, c'était le trou noir. Depuis l'entrée de la loge on n'apercevait qu'un bout de table couvert de toile cirée. Il fallait s'avancer pour distinguer le cordon de passementerie qui pendait toujours au-dessus du lit même si, image du modernisme, madame Suprin devait maintenant appuyer sur un bouton électrique pour ouvrir la porte après dix heures, progrès qui ne l'empêchait pas de faire languir les locataires quand elle était d'humeur taquine.

Lorsque nous parlions d'elle à la maison, maman disait « Ce n'est pas une mauvaise femme » et papa, qui l'avait si souvent engueulée, ajoutait « Il faut la prendre comme elle est. Sans elle, le 249 serait un immeuble comme les autres ». Elle faisait donc partie de la maison et, puisqu'elle ne changeait pas, il n'y avait aucune raison que cela cesse.

Et puis, un matin, j'appris en partant pour l'école qu'une ambulance était venue l'emmener à Saint-Antoine. Le facteur, en distribuant le courrier, l'avait trouvée inerte à l'entrée de la loge et avait donné l'alerte. En rentrant à midi, je trouvai l'immeuble en désarroi. La Dame aux chats était assise sur un tabouret au bas de l'escalier. Elle pleurait en racontant à qui voulait l'entendre comment la Suprin était morte en arrivant à l'hôpital.

— Elle va me manquer cette tête de mule ! On se disputait mais on ne se haïssait pas. Je crois même qu'on s'estimait !

Le lendemain, elle fit le tour des étages pour que le corbillard des pauvres qui emporterait la Suprin soit orné d'une gerbe de fleurs. Elle rassembla assez d'argent pour acheter une belle couronne de roses et de glaïeuls, avec un ruban violet où était écrit en lettres d'or : « Les locataires du 249 ».

Certes, tout le monde avait donné, mais personne, sauf la Dame aux chats, n'accompagna la Suprin jusqu'à sa dernière loge : cimetière de Pantin, allée des Cyprès, tombe 942.

14

La foire du Trône

Arago jouissait d'un privilège que nous enviaient tous les collégiens de Paris. L'école dressait ses murs républicains et ouvrait ses larges baies sur la place de la Nation qui, une fois l'an, au moment de Pâques, troquait sa somnolente quiétude contre la folle turbulence de la foire du Trône. Imaginez : à vingt mètres des portes de l'école, se trouvaient les premières baraques de tirs, de loteries, de « chamboultout » et, à trente mètres, les « montagnes russes », le plus grand manège de la foire avec ses troïkas d'or et d'argent qui emportaient les amateurs dans une frénésie d'escalades et de chutes autour d'un orgue gigantesque dont les accords barbares étouffaient les musiques voisines.

La foire était naturellement interdite aux élèves mais comment empêcher les jeunes, libérés de longues heures de cours, d'envahir l'univers scintillant de la fête installée à leur porte ? Monsieur Génique ne s'y hasardait pas. Tout au plus allait-il certains soirs faire un tour sur la place et le cours de Vincennes repérer deux ou trois élèves auxquels il disait le lendemain : « Untel, je vous ai vu hier à la foire » ; untel répondait : « C'est le chemin pour rentrer chez moi », et on en restait là.

La foire nous attirait essentiellement les premiers jours. La déambulation devant les baraques, les manèges, les étalages de confiseries devenait vite frustrante car nous n'avions pas d'argent pour satisfaire nos envies. On pouvait évidemment s'arrêter devant les parades, celles du cirque Fanny et du cirque Amar, celle aussi de la baraque des lutteurs qui essayaient d'attirer à l'intérieur quelques spectateurs naïfs tentés par un combat entre compères à gros biceps, mais ne pas pouvoir en profiter plus nous décevait.

Une autre raison nous attirait à la fête. L'école supérieure de jeunes filles Élisa Lemonnier était proche et, comme nous, les élèves venaient s'y promener. Donc on se croisait et on échangeait quelques plaisanteries. Les grands, ceux de quatrième et cinquième années, retrouvaient des filles qu'ils connaissaient et effectuaient avec elles le tour des attractions. Des tours qui se terminaient par des baisers volés dans le nuage rose d'une barbe à papa.

*

* *

Pour moi, Pâques c'était aussi un avant-goût des grandes vacances, le temps où nous rejoignions, à chaque fin de semaine, la campagne de La Varenne délaissée durant les mois d'hiver. Avec quel bonheur je retrouvais mon vélo, ma raquette et le canoë qui, depuis l'automne précédent avait enrichi notre flotte ! Plus légère, plus rapide, plus élégante aussi que la barque de pêche, la « canadienne », aux extrémités recourbées, se manœuvrait à la pagaie et faisait de moi le pacha des berges, le trappeur des herbiers, l'aventurier des îles qui peuplaient d'arbousiers et de châtaigniers la boucle encore sauvage de la Marne. Les remorqueurs et les péniches ignoraient en effet notre sage rivière. Les plus gros bateaux évoluant dans le courant étaient donc la barque du passeur qui vous emmenait sur l'autre rive pour quelques pièces et la *Lily* au moteur poussif de monsieur Holstrom.

Quand papa avait acheté le canoë, une occasion, il avait fallu le poncer, l'enduire, le revernir. Les copains nous avaient aidés. Après des journées d'efforts en cale sèche, le nouveau bâtiment des Benoist avait fière allure. Comme il n'était pas question de reprendre son nom d'origine, *Octavie*, nous avions longtemps discuté du choix de la nouvelle appellation. Les noms les plus baroques avaient été avancés, *Le Sioux*, *Ange du Foyer*, *Cabochard*, mais aucun ne convenait à la pirogue destinée à porter les couleurs de la famille entre Champigny et La Varenne.

Maman, qui parlait peu mais toujours avec pertinence, gagna le concours. Après *Le Faubourg* jugé hors situation et *Paris* trouvé exagéré, elle dit :

— Pourquoi ne pas l'appeler *Fine Lame* ? Fine est la proue, lame est la vague et le tout nous dit quelque chose !

Ma mère fut ovationnée et papa, très content, me demanda d'aller chercher une bouteille de « Vieux Papes » à la cave afin de fêter dignement le baptême. J'eus droit à deux doigts de vin pour accompagner les biscuits à la cuiller et le chef remarqua :

— « Vieux Papes », je veux bien, mais existe-t-il de jeunes papes ? D'ailleurs, ils ne valent pas le picpoul.

Fine Lame, dont Papa peignit lui-même le nom sur l'avant, m'ouvrit des horizons inconnus. Son faible tirant d'eau me permit d'explorer, entre l'île Pisse-Vinaigre et l'île Hortense, une suite de criques où l'eau coulait, claire comme fontaine, sur des pierres rondes et lisses, douces aux plantes de pieds. Le père Louis, qui traînait ses guêtres aux bords de Marne et surveillait moyennant un honnête pourboire les bateaux amarrés le long des rives, m'avait passé le tuyau :

— Avec ta canadienne, pagaye jusqu'au bout de l'île Pisse-Vinaigre. Munis-toi d'une petite épuisette et d'un bâton, et soulève doucement chaque grosse pierre. Tu as une bonne chance de débusquer une écrevisse.

— Et comment je la prendrai cette écrevisse ? Avec la main ?

— Mais non, elle se débinerait avant que ta main l'ait touchée. Tu places l'épuisette à dix centimètres de son cul et avec le bâton tu lui chatouilles la moustache. La brave bête qui marche à reculons se jettera dans ton piège.

J'ai cru que Louis se moquait de moi mais je suis tout de même allé soulever quelques pierres dans le gué de Pisse-Vinaigre. Eh bien, il y avait des écrevisses ! Des belles à grosses pinces, bien dodues, que je capturai en marche arrière. J'en rapportai une bonne quinzaine à la maison. En les voyant, maman ronchonna. Parce qu'elle n'avait jamais fait cuire d'écrevisses et dut chercher dans sa bible, le gros livre de madame Saint-Ange.

— Bon ! dit-elle. Je vous ferai un gratin mais il en faudrait au moins le double.

La pêche miraculeuse dura une quinzaine de jours et puis, un matin, je n'ai plus rien trouvé sous les pierres. Avais-je anéanti l'espèce locale ? Les écrevisses, pas si bêtes, s'étaient-elles réfugiées dans un autre bras de la rivière, sous d'autres cailloux ? La question reste sans réponse.

*

* *

L'année des écrevisses fut la plus agréable de mes vacances en bord de Marne. Et la plus romantique aussi. Il y avait au bout de la rue, faisant le coin avec l'avenue Thiers, une grande maison où habitaient les Lambert. Le père n'était presque jamais là et madame Lambert, une belle grande femme un peu triste, passait rarement la grille doublée d'une haie de fusains qui bouchait presque complètement la vue. Les Lambert ne m'auraient pas intéressé s'ils n'avaient eu deux filles, jolies comme des cœurs, mais qui, hélas ! ne sortaient jamais de leur forteresse de meulières. Mes courses à vélo m'avaient souvent mené par là et j'avais remarqué une ouverture créée par la mort d'un arbuste. Madeleine et sa sœur Henriette la connaissaient aussi et nous avions pris l'habitude de bavarder le soir à travers la clôture. Je leur avais souvent proposé de faire un tour à bicyclette mais madame Lambert interdisait toute escapade, surtout avec moi, ce qui montrait combien j'avais « mauvaise réputation ».

Et puis les choses s'arrangèrent. Madame Lambert accompagna son mari dans un voyage lointain, laissant ses filles à la garde d'une grand-mère adorable qui, elle, me trouva sympathique le premier jour où Madeleine m'ouvrit la porte de son jardin. Je ne brusquai toutefois pas les choses. Ce n'est qu'après quelques sages goûters sous la tonnelle que j'osai demander à la grand-mère si elle accepterait que ses petites-filles m'accompagnent dans une promenade en canoë. « À condition qu'elles sachent nager », ajoutai-je pour montrer que j'étais prudent et sérieux. Je m'attendais à une réponse gentiment négative mais la vieille dame s'écria :

— Mais bien sûr qu'elles savent nager. Tous les ans à Ault-Onnival elles gagnent le championnat des jeunes ! Ma fille n'aimerait pas mais je vous autorise à emmener Madeleine et Henriette dans votre bateau. À une condition pourtant : que vous m'invitiez moi aussi un prochain jour !

C'est ainsi que, le lendemain, j'embarquai mes deux passagères à bord de *Fine Lame* avec un sac plein de bonnes choses pour le goûter. J'avais repéré près de mon coin à écrevisses une petite plage de sable où nous accostâmes après une demi-heure de pagayage bavard. Madeleine et Henriette retirèrent sans manière leurs légères robes à fleurs. En maillot de bain, allongées sur leur serviette, elles m'apparurent divines. Elles l'étaient. Cinq fois, dix fois, nous nous jetâmes dans la rivière et nous laissâmes nos corps bronzés sécher au soleil. Après un dernier plongeon, encore mouillées, mes deux nymphes s'approchèrent de moi. Et Madeleine, l'aînée – elle avait seize ans, sa sœur quinze –, me fit la plus grande surprise de ma jeune vie. Elle s'avança à me frôler et me dit simplement, dans un sourire :

— Nous n'avons jamais embrassé un garçon. Si cela ne t'offusque pas tu seras le premier.

C'était si inattendu que je restai les bras ballants, muet, l'air benêt. Comme je ne bougeais pas elle entoura mon cou et colla sa bouche à la mienne. Elle n'avait jamais embrassé mais avait dû lire le roman de Marcel Prévost, *Les Demi-vierges*, que se prêtaient en cachette les jeunes filles de l'époque. Pour une débutante, elle se débrouilla en effet plutôt bien. Au bout d'un moment elle se détacha et ordonna d'un air aussi naturel que si elle m'avait offert une tranche de cake :

— Maintenant embrasse ma sœur et puis nous rentrerons. Il ne faut pas que mamie s'inquiète.

Je m'acquittai de cette tâche qui n'avait rien de désagréable et c'est en chantant *Parlez-moi d'amour*, la chanson serinée tout l'été à la radio par Lucienne Boyer, que nous descendîmes la rivière vers notre point d'attache. Occupé à fredonner et à pagayer, je ne vis pas surgir une barque qui s'arrêta à notre hauteur. C'était le père qui allait sur son coup finir la journée en essayant de pêcher quelques gardons. Hilare, il lança :

— Ohé de la *Fine Lame*. ! Bonsoir mesdemoiselles. Mon fils a de bien jolies passagères. Bonne promenade !

Puis il se remit à ramer avec un mouvement sec en fin de coulée qui rappelait celui de la paume sur le manche de la gouge.

— Il est sympa ton père, dit Henriette. Chez toi, on doit souvent rire !

— Et dans ta belle maison, on ne rit pas ?

— Cela arrive, mais c'est rare !

Chez les Benoist, ce soir-là, la bonne humeur était de la partie. Le chef avait pris cinq gardons et rapporté de Paris une bonne nouvelle. Le maharadjah d'Udaipur, déjà possesseur d'une salle dont tous les meubles étaient en cristal, venait de commander à Rinck et à Jean Moqué, vieil ami du père et meilleur fabricant de sièges du faubourg, la reconstitution complète du Grand Appartement de la reine, à Versailles. C'était pour papa l'assurance d'un travail de trois mois et, surtout, la perspective de faire ce qu'il aimait le mieux, sculpter les plus beaux meubles du monde.

Comme je le prévoyais, le père me taquina à propos de notre rencontre :

— Tu as réussi à faire sortir les petites Lambert de leur forteresse ? C'est un exploit. La dernière fois que je les ai entraperçues elles devaient avoir dix, douze ans. Elles sont devenues des superbes jeunes filles. Laquelle des deux a ta préférence ? Le choix est difficile. À moins que tu séduises les deux ?

— Jean-Baptiste, que racontes-tu là à ton fils ? intervint maman, toujours un peu pudibonde.

Je me demandai la tête qu'aurait faite papa s'il avait su ce qui s'était passé sur la plage de Pisse-Vinaigre ! J'expliquai seulement comment, les parents absents, la grand-mère avait autorisé ses petites-filles à m'accompagner à bord de la canadienne.

— Je connais cette dame, dit maman je l'ai rencontrée au marché, elle est charmante. Quelle différence avec sa poseuse de fille !

— Allons, dit le chef, je vois que tu deviens en âge d'approcher les filles. Ne t'en prive pas. Mais ne fais pas de bêtise. Sous leur air réservé, les toutes jeunes filles sont sensibles et vulnérables.

Je trouvai que papa n'y était pas du tout et pensai que, n'importe comment, les vacances s'achevaient à la fin de la semaine et que l'année du bac allait bientôt effacer les sœurs Lambert de mon esprit.

*

* *

Dix-sept ans en décembre, la première partie du bac en fin d'année 1932, je me sentais à la fois plein d'énergie et anxieux. Ma mère, à qui rien n'échappait, l'avait remarqué et m'avait expliqué, avec sa douceur habituelle, que l'adolescence était l'un des âges les plus intéressants, les plus forts de la vie, mais aussi parfois difficiles.

— Pour le bac, si tu continues à travailler comme tu l'as fait jusqu'ici, tu n'as rien à craindre. Et puis, nous allons tous retrouver le faubourg avec bonheur et soulagement. Toi tes copains d'Arago, moi ma cuisine et mon marché d'Aligre, papa son atelier et son fauteuil Voltaire. Et tes frères qui nous manquent à tous les trois !

Après une dernière balade en canoë avec les sœurs Lambert qui, les petites garces, refusaient maintenant de se laisser embrasser, je rangeai ma raquette, graissai mon vélo pour qu'il ne rouille pas et aidai maman à préparer les bagages, des sacs énormes que nous aurions du mal à hisser dans le nouveau tram qui, désormais, allait jusqu'à la gare de La Varenne et passait près de chez nous.

Et puis, ce dernier samedi, vers onze heures, un vibrant coup de klaxon fit sursauter la famille. N'ayant pas reconnu le hoquet de l'avertisseur du cousin Paul qui venait parfois nous surprendre pour le déjeuner, je me précipitai voir de qui il s'agissait. Quelle ne fut pas ma stupéfaction de voir une 5 CV Citroën jaune arrêtée devant la porte avec, au volant, un René hilare en train de lever les bras comme s'il venait de gagner le Grand Prix.

— Oui mon Jean ! Elle est à moi !

Je sautai à côté de lui dans le fameux cabriolet à chevrons qui avait révolutionné le monde de l'automobile et qui continuait de circuler sur les routes de France, d'Angleterre et d'Allemagne bien que Citroën eût arrêté sa production depuis trois ans. J'étais fou de surprise et de joie. Après avoir embrassé René je lui demandais la permission d'appuyer sur le bouton idoine pour alerter le père et la mère. J'avais passé l'âge des enfantillages mais, année du bac ou pas, je goûtais l'ivresse de klaxonner à bord de la première auto des Benoist.

La surprise des parents fut égale à la mienne, comme à celle des oncles et des tantes alertés par le bruit. Le moment de stupéfaction passé, René put s'expliquer. On aurait dit le chef après l'achat d'un nouveau bronze :

— Une occasion unique, un modèle « Trèfle » à trois places qui, malgré son âge, a peu roulé. Comme monsieur Brille vient de me nommer directeur commercial de la boîte et de m'augmenter, je me suis offert cette folie.

Je savais beaucoup de choses sur la 5 CV Citron, beaucoup plus que son propriétaire à qui j'expliquai durant le déjeuner les différences qui existaient entre la première 5 CV, la Trèfle qu'il possédait, et la 10 CV du cousin Paul. Mais René s'intéressait peu à la technique automobile, maman encore moins et le chef pensait au canoë qu'il fallait remiser dans l'atelier. Bref, je m'aperçus que j'ennuyais tout le monde et me contentai de la promesse de mon frère d'essayer la Trèfle dans l'après-midi.

— Je m'engage même, dit-il, lorsque tu auras ton bac et l'âge de passer le permis, à te la prêter de temps en temps.

Maman voyait plutôt le côté pratique de l'affaire.

— Combien de temps as-tu mis pour venir ? demanda-t-elle.

— Une petite heure mais j'ai été retardé en traversant Joinville. Demain je ferai deux voyages pour vous ramener avec les bagages. Une bonne occasion de faire connaissance avec ma Trèfle.

Les vacances finirent ainsi sur un air de klaxon avec le bac en ligne de mire.

Les sœurs Lambert, qui guettaient notre départ, dirent au revoir à notre belle histoire en agitant leur mouchoir. Je crois bien que Madeleine pleurait.

Épilogue

À Paris, une surprise nous attendait. Le 249 avait une nouvelle concierge ! Gertrude Lamotte, qui remplaçait la Suprin, venait du Nord avec son mari, un robuste retraité des Chemins de fer. Je ne sais pas si le propriétaire l'avait choisie pour cela mais madame Gertrude apparaissait en tous points comme le contraire de la Suprin. À cette petite noiraude tordue comme un vieux cep succédait une grande et replète Flamande encore blonde.

La Surpin se montrait du matin au soir fagotée comme une souillon et son antre sentait le vieux fauve ; madame Gertrude, elle, revêtait un tablier rose et sa loge, repeinte, était briquée à l'exemple d'un coron d'Hénin-Liétard. Le robinet de la cour avait même été passé au Miror, ce qui ne lui était jamais arrivé. Quant aux pavés, s'ils restaient disjoints, ils reluisaient d'huile de coude. De surcroît, madame Gertrude souriait et ne laissait pas les locataires moisir devant la porte. Bref, le 249 avait fait peau neuve, le propriétaire parlait même d'un ravalement.

Je crois que j'étais le seul qui pensais parfois que cette cure de rajeunissement avait enlevé un peu d'âme à notre vieille maison. Cela était surprenant mais le balai vengeur de la Suprin, quand je lui lançais un mot moqueur le matin, me manquait. La vieille chouette, en déménageant à Pantin, avait tourné une page de l'histoire de mon honorable 249. Et de ma jeunesse.

8464

Composition Nord Compo
Achevé d'imprimer en France (Malesherbes)
par Maury-Imprimeur le 14 mars 2008.
EAN 9782290003558
1er dépôt légal dans la collection : septembre 2007

Éditions J'ai lu
87, quai Panhard-et-Levassor, 75013 Paris
Diffusion France et étranger : Flammarion